妖鳥の甘き毒
JN225328
「俺はできれば、いつまでもこうしていたいがな」
不敵に笑った季郎の口元が、汗を浮かべた西苑の喉元にしゃぶりついてくる。

妖鳥の甘き毒

高原いちか
ILLUSTRATION：東野 海

妖鳥の甘き毒

LYNX ROMANCE

CONTENTS

妖鳥の甘き毒

灯火のちらつく、闇の中。

蛇のように濡れてのたうつしなやかな体を、季郎は褥の敷布ごと腕の中に囲い込み、しっかりと捕らえた。

「……欲しいか？」

熱い肌に唇で触れつつ囁くと、喘ぐような声で「欲しい……」と返事があった。季郎は片頬でほくそ笑み、生白い腿を押し開いて、奥で咲き開く肉の蕾に、自らの肉塊を押し当てる。

「寄越せっ……」

すると、焦らしてもいないのに、間髪容れず切羽詰まった命令が上がった。本当に淫乱な男だ。だが、それがまたかわいい……。

「あ、んっ……」

ひと息つくように閉じていた肉筒が、再び男を呑んで拓かれる。中に潜り込んだものを包み込む力加減は絶妙で、季郎は腰を進めながら、中に吸い込まれていくような感覚を味わった。

「いい味だ――」

思わず、ため息が漏れる。締めつける強さ、濡れた熱い感触。奇跡的なほどに具合のいい体だった。

思わず感嘆を漏らすと、季郎の下で悩ましく眉を寄せ、犯される感触を堪能している美しい男は、妖艶な目を開き、ちらりと漆黒の瞳を光らせる。

「おい」

一瞬、正気が戻ったような冷たい声だ。

「……愉しんでいるか？」

「ああ」

前後にゆるゆると腰を使いながら、季郎もまた不敵な声音で応える。

「なら、わたしももっと愉しませろ」

淫蕩な命令を、美しく妖艶な男——西苑は、傲慢なほどに凜々しい声で告げた。

「お前だけいい思いをするな」

——言いやがる。

季郎は失笑した。まったく、この淫乱ぶりはどうだ。日々に倦む王侯貴族の間では龍陽の癖（男色嗜好）を持つ者など珍しくもないが、抱くならばともかく、自分より身分が下の男にこうまで抱かれたがるのは、やはり少し病的ではないか——。

（まあ、いいさ）

この淫乱ぶりが、病気だろうが呪いだろうが、知ったことではない。美しく具合のいいこの体が、今この瞬間俺のものであるなら、何の不満もない……。

「西苑……」

季郎は、美しく淫蕩な男の呼び名を口先に含むように告げた。「季郎」もまたそうであるように、「西苑」はこの男の本名ではない。高貴な身分の者の名を直に呼んではならないというのが、この国の慣習だ。

だが季郎はこの名を気に入っている。簡素でありながら、古の美女のように艶麗な名だからだ。

「西苑——」

「ん、っ……ど、殿をつけぬか、この、っ……」

季郎の無礼を咎めながら、しなやかな腕を首に絡みつかせてくる。伸び盛りの、青くやわらかな豆蔓のようだ——。

首元に添う二の腕の内側を啄み、それを合図に、季郎は腰使いを速めた。

「あっ、あ、ああ……！」

可愛げのない言葉を吐いていた唇から、他愛もなく嬌声が上がり始めるのは、季郎が上手いからか、それとも、この男が感じやすいからか——。

華麗な刺繍を施した衾の敷布に、極彩色にも劣らぬ烏色の髪が乱れる。

「ああ、季郎……」

美しい――。

邪(よこしま)な男だと知りつつも、西苑の艶姿(あですがた)は、この上もなく美しい。

魅了される心を胸の奥に秘めつつ、季郎もまた髪を振り乱し、弓のように反り返りつつ、高貴な愛人の腿の狭間(はざま)深く、欲望を放った。

「――正体不明の男娼(だんしょう)だと？」

その噂(うわさ)を聞いた時、季郎(きろう)は香を焚(た)きしめた気だるい空気の中で、長々と体を伸ばしていた。手には煙管(キセル)。傍らには、肌も露(あら)わな美女がふたり、猫のように気だるく体を伸ばしている。

遠く近く響く、三弦(さんげん)の音色。紅色の揺らめく灯火。

「へい、そうなんですよ大哥(あにき)」

女たちの艶姿に羨(うらや)ましげな視線を送りつつ、小太りの男が背を丸めるようにして告げる。

「どうもこの秋頃から出没し始めた新顔らしくてね。まだ年も若ぇ上に凄(すげ)ぇ美形で、肌のキメもあっちの具合も極上だってぇのに、市価の六割くれぇの値(ね)しか取らねェんだそうで」

季郎は聞くなり火皿からスパッと煙を吹き出す。

「何だ、そりゃ？」

思わず呆れ声が上がった。噂になるほどの美貌と体を惜しげもなく提供しながら、相場より安い値しか取らないだと？

「奇妙でやしょう？　噂じゃどっかの御殿に仕える従僕だか家令だかが、男欲しさに身をやつしてんじゃねぇかなんて言われてますけどね」

「それは、まあ他に考えようもないが……。そんなことがありえるものか？」

安上がりで、しかも具合のいい絶世の美貌の男娼。そんな都合のいい存在がいるものだろうか。色好みな男どもの願望が生み出した幻想ではないか、と季郎はとっさに考えた。

数年前、大規模な外征に失敗して以降、ここ白海国の宮廷は財政難に喘ぎ、その影響は米麦の値の暴騰と重税という形で庶人の暮らしにも及んでいた。程度の差はあれ、市井の者たちは政の腐敗と停滞に倦み疲れている。誰しも噂話でくらいは、夢を見たいだろう。

ところが目の前の手下は、低頭しつつも首を横に振った。

「現にあるんだから仕方がありませんや。そいつのおかげで、街娼どもが男も女も商売上がったりで大弱りしてるってんだから」

妓楼にも所属せず、身ひとつで春を売っている者は、皆事情を抱えて食うや食わずで生きている。そこへそんな手ごわい商売敵が出現しては、それはさぞかし困るだろう。季郎には、その困惑し窮した顔が想像できた。どの顔も化粧は厚いが、病や貧しさに痛めつけられ、それでもなお生き抜こうというたくましさが滲み出ている。

「ここみてぇな妓楼たぁ別に、街ん中にゃ街ん中の掟ってもんがあります。どこのどいつだか知らねえが、ぽっと出のよそ者に縄張りを荒らされちゃ、皆が生きていけねェと怒り心頭で」

「なるほど」

季郎は煙草盆を持ち上げ、吸い口をぷっと吹いて火皿から灰を落とした。ようやっと話が見えた。要するにその掟破りの迷惑な男娼を捕まえ、罰をくれてやって欲しい、ということだ。

実際にはほとんど目こぼしされているが、男であれ女であれ、公認の場所以外——たとえば路傍で春をひさぐのは御法度だ。だから、何か揉め事が起こっても、公の役所に持ち込むわけにはいかない。自然、持ち込む先は季郎たち一味のような、天道の下を大手を振っては歩けない闇の者どものところということになる。

「何せこのご時世なんで、ろくな額は出せねぇってことですが、何とかお願ぇできねぇか、ってことでした」

つまり皆で少しずつ金を出し合って「俠鬼」に解決を依頼する、というのだ。皆、それほどまでに切羽詰まっているのである。

「なぁに、金はいいいさ」

季郎は結い上げることもせず、そのまま背に垂らした髪を、朱房のついた紐で括り直した。出張る、という合図だ。猫のように体を伸ばして侍っていた女たちも、心得て身を起こす。

「この街で生きる連中は、ひとり残らず俺の大切な仲間だ。それに財布の重いお大尽からたんまり巻き上げるならともかく、貧乏人の上前をはねるような真似をしちゃ、『俠鬼』の名がすたる」

裏の世界に生きる俠の人間にとって、名は命だ。それをわずかな金のために地に落とすことはできない。

「だろう？」

そう告げると、小太りの手下は感銘を受けたように「大哥……」と呟く。

「季郎さま、お気をつけて」

妓女のひとりが、嫋やかな仕草でひと振りの剣を捧げ持つ。細身で直刃のその剣は、背の高い季郎によく似合った。さほど名刀というわけではないが、朱鞘の色鮮やかさが印象的なため、色街では、『俠鬼』の頭目の代名詞のように謳われている。

「どうかご無事でお戻り下さいませね」

もうひとりの妓女が、上着を着せかけてくる。季郎は「ああ」と応え、ふたりの女にそれぞれチュッと口づけた。

「不埒者はさっさと片付けて戻ってくるさ。今夜は両方とも可愛がってやる約束だからな」

巷では「俠鬼の頭目、手下三千」などと謳われているが、実際には王都最大の義俠集団も、そこまで大所帯ではない。

　そもそも季郎は自分の配下が何人であるかなど、いちいち把握していない。そういうのは面倒な性質だし、数や量を誇ることほど、この世に馬鹿馬鹿しいものはない、と思ってもいるからだ。

　だから夜の街を歩く時も、季郎は身軽にひとりきりだ。だいたい、これ見よがしにぞろぞろと強面の手下を連れ歩くなど、逆に器の小ささを証明するようなものではないか。男が頼るものは己れの身ひとつとひと振りの剣、それで充分だ。

　もっとも、護衛の必要などあるはずもない。季郎がその柳のような長身をゆらりゆらりと歩かせるだけで、夜の巷の者たちは、客を取る側も客の側も、「おっ」と目で追い、女たちは嬌声を上げて手を振り、妓楼の男衆は丁重に礼をする。皆が季郎を慕っているのだ。

「しかし、さて、これでは見回りにならんな……」

　今宵の夜歩きの目的は、正体不明の男娼を見つけ、ひそかに近づいて捕らえることだ。あまり人目に立つのも困る。

　季郎は軽く思案し、するりと裏路地に入って、闇に紛れることにした。紅顔の少年の頃から出入りし、我が家同様に馴染んだ色街だ。裏路地の暗闇とはいえ、目をつぶっていても歩ける。

――我ながら度し難い放蕩息子だ。

妓楼から漂い出す艶めかしい空気の満ちる中で、思わず苦笑が漏れる。

普段は「末息子」という意味の通称で呼ばれる季郎の姓は、檀と言う。檀家と言えばこの国では誰知らぬ者のない権門で、季郎の父はその現当主だった。

父――とは言っても、その二十何番目かの息子である季郎は、父親にとってほとんど物の数に入らない子供だ。檀家がいかに権門であっても、作りすぎた子の末のほうまでそうそう高い地位や財産を分け与えることはできないし、二十数人も男子がいれば、兄たちが全員死に絶え、季郎ひとりに家の血の存続がかかる、などという事態が起こることも考えづらい。それに女子ならば何番目であろうが嫁に出して政略結婚の駒として使うこともできるが、末子となると、なまじ男子であるだけに始末に困る。放蕩息子気取りの季郎だが、実のところ、父親にとっては鼻つまみ者というほどの存在感もないであろう。生きていようが死んでいようが構わぬ子、というのが、彼の生家での扱いだった。

だがこの色街の者たちは違う。季郎の姓が何であろうが、季郎をひとりの、しかも頼りになる仲間として見てくれる。今ではこの街こそが我が家だ。だからこそ。

(……この街を荒らして難儀をさせる奴は許さん)

何者かは知らぬが、見つけたらただでは置かない――と考えたその時、背後の闇の中から、すっと人の気配が忍び寄ってきた。

途端(とたん)に、ぞくり――と体毛が逆立(さかだ)つような、奇妙な感覚が走る。

――何だ……？

季郎はその時、魔性に魅入られでもしたか、と疑った。この俠鬼の頭目・季郎を、気配だけでここまで怖気(おぞけ)させるとは……。

沓裏(くつうら)が、砂利(じゃり)を踏む音。

一歩、一歩、近づいてくる……。

気配が至近になるや、季郎は即座に反応した。鞘を払うと同時に振り向き、抜き身の剣先を相手の喉元に突きつける。

人ならぬ気配が、はっ、と息を呑んだ。

その紅(あか)い唇に、思わず視線が吸われる。

――何だ？　これは……。

困惑したのは、剣先を突きつけられた相手ではなく、突きつけた季郎のほうだったかもしれない。

艶やかな……という言葉を擬人化すれば、こうなる。そうとしか形容しようのない麗姿(れいし)が、そこに立っていたのだ。

爛漫(らんまん)の花のように……いや、闇に巣食う妖魔のように。

（本当に人か、これは——？　男か、女かもわからぬ……）

喉元に突きつけた剣先が、わずかな灯火を弾いてぎらりと光る。

その光に照らされた顔が、まっすぐに季郎を見据えている。

きらりと小さく、険のある瞳が光った。その目が大きく瞠られ、季郎が（何だ？）と訝るより早く、白い顔全体に、驚きの色が広がっていく。

「鉄嶺殿……！」

「え？」

突然、心当たりのない名で呼ばれ、季郎は面食らった。そんな季郎を見て、相手のほうも人違いに気づいた様子で、表情を変える。

ちっ、と舌打ちをする音に続き、ひらりと燕のように身を翻す。ぱたぱたと沓裏で地面を蹴って逃げ出そうとする細い背を、季郎はとっさに追いかけた。

——捕らえなければ。

わけもわからず、季郎は強い執念に捕らわれた。あれはおそらく、人ではない何かだ。放ったままでは、人に害を成す。逃がすわけにはいかない。捕らえて、捕らえて、それから——。

「待て！」

さほど俊足というわけでもない相手をなかなか捕まえられなかったのは、季郎が鈍足だったのでは

なく、その逃げ方がやたらと巧みだったからだ。

手が届きそうになると、するりと角を曲がる。一瞬視界から消えると、すぐにそのまま闇に紛れ、次に影を見かけた時には、もう数丁先を行っていた。

——鵺みたいな奴だ。

季郎は何か、ぞくぞくするものを感じた。ぞくり、ではなく、ぞくぞく、だ。するすると逃げ伸びていく姿を目を凝らして見つめながら、思わず口の端が吊り上がる。

捕らえたい。あれを捕らえたい。捕らえて、嫌がって暴れるのを無理矢理、この腕の中に抱きしめて、それから、それから——。

いつしか季郎は街中の捕り物ではなく、山中で狩りをしているような気分になっていた。元来が気分屋だ。気さえ乗れば、自然と足さばきにもキレが増す。

やがて、さしもの妖魔も、したたかさを増した季郎の追跡に窮し始めた。「ひっ」と声を上げる気配に、季郎は両腕を大きく広げて肉迫した。

その腕は、寸前で空を切る。だが逃げ場を失った獲物は、ついに賑々しい表通りへまろび出る羽目になった。

きゃあ、と妓女の悲鳴。何だ何だと咎める男客の声。人々を突き飛ばし、人ごみを掻き分けて逃げようとするその細い肩を、季郎はついに摑んで捕らえた。

「さあっ、大人しくしろっ」

「……く、っ」

往生際悪く暴れる体を、腕の中に囲うように捕らえる。その細さに一瞬驚き、次に「あっ」と声を上げた。

――男だ。こいつ男だ……。

やはりこいつが件の縄張り荒らしの男娼か。確信したちょうどその時、騒ぎを聞きつけたのか、手下たちが「どけどけ」と声を上げながら、ばらばらと集まってくる。

「大哥！」

「大哥、ご無事で！」

「大仰だな。すばしっこい子狐相手に、少しばかり追いかけっこをしただけだぞ？」

余裕を見せて笑った季郎は、だが次の瞬間、「いでーっ！」と悲鳴を上げた。捕らえた獲物が、最後の手段とばかり、腕に嚙みついてきたのだ。

「こいつ……っ」

さすがに腹が立ち、痩身を地面に押し伏せる。そしてその細腕を、力任せに背に捩じり上げた。

だが妓楼の紅い灯が作り出す薄闇の底で、魔物のような美貌の男娼は、痛みにのたうちながらも、ついに最後まで悲鳴ひとつ上げなかった。

「俠鬼」の頭目の隠しねぐらは、とある酒場の二階にある。

色街では珍しく女を置かず、年配の男がひとりで切り盛りする酒場は、そこそこの値段でいい酒と美味い肴にありつけると評判だったが、それは表の顔だ。酒蔵の裏手にある隠し階段を上れば、そこに色街の派手な意匠とは一味違った、落ち着いた色合いで統一された部屋がある。

季郎は妓楼で遊ぶ以外の時間を、ほとんどここで過ごしている。ここに置かれた牀で眠り、下の店を任せている男が作った食事を摂り、行儀悪くごろごろしながら本を読む。時には手下たちの報告を聞き、話し合いをし、命令を下す。ここでも煙草を吸うことが多いので、艶めかしい香の焚きしめられた妓楼とは違って、室内の空気はどことなくヤニ臭く、少しばかり散らかってもいる。

正体不明の男娼は、その細い体を縛り上げられた姿で、ここに連行されてきていた。

(しかし、本当に細いな――)

季郎も上背がある割には細身なほうだが、裸身をさらせば見かけよりもしなやかな筋肉がついている。若い獅子のようなと評される自分に比べれば、この男はまるで蟷螂だ。花の影に潜み、蜜を吸いにくる虫を捕らえて貪り喰らう、優美に腰のくびれた、肉食の蟷螂――。

「……その顔と体では、さぞかし荒稼ぎできただろう」

牀の端に座しながら、まずは何から問い質すべきか、と迷った挙げ句、季郎はそんな言葉をかけていた。遠回しかつ皮肉ながら、その容姿を賞賛せずにいられなかったのだ。

名も知れぬ男娼は、きっと季郎を睨んできた。白い顔、紅い唇、心もち目尻に向けて切れ上がった一重の目――。

おもむろに、その紅唇が開き、妖艶な声が漏れ出た。

「無頼の輩の親玉ごときに、答える義理はない」

憎たらしい声に、手下どもが「てめえ！」と色を成す。季郎はそれを手振りで止めた。

――何という艶のある声だ。

季郎はつい聞き惚れてしまった。反抗的で取りつく島もない態度など、気にもならない。期待していた通りだ。あの時、季郎のものではない名を呼びかけてきた声には、得も言われぬ艶があった――。

「鉄嶺殿」

「――ッ」

「とは、誰だ？」

「……」

男娼は顔色を変えながらも、何も話すつもりはないとばかり、気丈に顔を逸らす。

「だんまりか。まあいい。どこかで聞いた覚えのある名だ。そのうち何かの拍子で思い出すだろう」

「――！」

びくん、と男娼が反応した――ように見えた。上手くシラを切ってはいるが、明らかに何か触れられたくないことに触れられて、動揺している。生意気な割に他愛のないところもまた、妙にかわいらしくて気をそそる。

（――困ったな）

季郎は内心そう思った。どうやらこれは惚れ始めている。どちらかといえば惚れっぽく、しかも趣味が悪いことは自覚していたが、こんないかにも食ったら腹を壊しそうな妖怪に食指が動くとは、我ながら度し難い悪癖だ。

「んー……」

困ったように後頭部を掻く季郎を、手下たちが「大哥？」と怪訝そうに見る。色街の掟破りは、袋叩きにするか、身ぐるみ剝いで追放するか、どちらかに決まっているのに、今夜に限って何を迷っているのだ――？

「あのな、あんた」

迷った挙げ句に、季郎は頭を掻いていた手で、ぱんと膝を打った。

「あんたが何者か知らないが、街娼どもの仕事を奪うような真似はやめてくれ。あいつらにとって、その日客を取れるかどうかは死活問題なんだ。わかるな？」

妖しい美貌の男は軽く目を瞠った。報復は覚悟していても、お説教されるとは思ってもみなかったのだろう。

「それにな、まあ、その、なんだ。道楽で男の袖を引くのはあんたの自由だが、夜の色街でそれをやるのは危険すぎる。街娼を食い逃げしたり、暴力振るったりするヤバい性癖の客は、なるべく街から排除するようにはしているが、それも確実というわけにはいかん。悪いことは言わない。その綺麗な顔を切り刻まれたりする前に、こんなことはやめたほうがいい」

男娼の表情が変わった。顎を引いて、上目づかいにこちらを見ている。言い分のもっともらしさは認めるが、この俠の男はいったいどういう腹づもりなのだろう、と訝しんでいる顔だ。

季郎は苦笑した。

「別に裏なんてない。俺はあんたが心配なんだ」

「……心配？」

胡散臭げに返されて、こいつ、とさすがに憎らしさが湧く。これでも本気で心配してやっているのに——。

今からでも責め倒して、どこの何者か白状させてやろうか、と季郎は考えた。とりあえず梁から吊るして、俺が直々、股間の逸物で、散々に嬲りものに——。

「大哥」

手下に呼びかけられて、季郎はハッと夢想から醒めた。いけない、どうもこの男の顔を見ていると、ろくでもないことばかり考えてしまう。つくづく男心を狂わせずにおかない美貌だ。街娼たちが難儀するほど、夜の客をごっそり漁っていった、というのも、あながち噂ばかりではなかったに違いない。

是非一度その味を試して――。

（いや、いかんいかん）

季郎は首を振った。駄目だ。この男の妖気にすっかり当てられてしまっている。

牀からすらりと立ち上がり、さっと刀を抜き払う。手下たちが表情を引き締めた。さすがに顔色を蒼褪めさせる男娼の背後に回り、軽く刃を振り上げる。

身を竦める男娼。その手首を縛めていた縄を、ぷつんと断ち切る。

川魚のように優美な背から、縄がはらりとほどけて落ちた。いい眺めだ。

「いいか、約束しろ」

自由になった両手首に、むしろ戸惑う顔の男娼を見下ろして、季郎は告げた。

「二度とこの街には現れない。街娼たちの領分を荒らさない――。それさえ守ると誓えば、このまま無傷で釈放してやる」

「大哥！」

「大哥、そんな――」

「口を挟むな！」

不満げな手下たちを一喝し、怯ませてから、季郎は身を屈めた。美しい顔に困惑と猜疑の色を張りつけている男娼を、まっすぐに正面から見つめる。

「俺はあんたが気に入った。だから、一度は許してやる」

「……」

「だが二度目をやったら、俺もこの街を預かる身として、あんたに罰をくれないわけにはいかん。きつい目に遭わされたくなければ、もうこの街には近寄るな。な？」

男娼は信じ切れないと言いたげな顔で縄の痕のついた両手首を交互にさすっていたが、やがて季郎が本気だと確信したのだろう。跪かされて萎えていた足で、よろりと立ち上がった。

「――『俠鬼』などとご大層なふた名を取る割には、ずいぶんと甘いのだな」

歌うような美声が、つんと憎たらしい台詞を吐く。放免してもらったことへの礼のひとつもない性格の悪さに、季郎も思わず頬が引きつった。

「――あんたな……」

「では……貴様がわたしの相手をしてくれるか？」

「え？」

「街娼どもの仕事を奪ったつもりなどない」

男娼は切れ長の目尻で独特の角度を作り、季郎を見透かそうとしながら告げる。

「わたしはただ、男が欲しかっただけだ——一夜の相手をしてくれる、な」

悪びれもせず、恥じらいすらもない声音だった。いっそ感心してしまった季郎を、男娼は興味深げに見つめている。

ゆらっ、とした足取りで、季郎の鼻先にまで歩み寄ってきた。厚化粧で塗り固めているが、小鼻の端までもキメの細かい肌に魅入っている間に、その手に頬を撫でられた。ぞろり、と顎の線を撫で下ろされ、服の下で鳥肌が立つ。

「色街の顔役を名乗るからには、男は駄目というわけでもあるまい？　見たところ、なかなかよさそうなモノを持っていそうだしな——」

股間を見られつつ、ちらりと舌なめずりされて、季郎は反射的に頬にある手首を掴み剥がした。そのまま、ぎりっ、と締め上げる。

「誘ってもらって悪いが」

刹那、季郎と謎の男のまなざしが、正面からぶつかり、火花に似た物を散らせる。

「俺にも好みというものがあるのでな」

器量自慢の男だ。少しは怒りを見せるか——？　と思って告げた言葉に、だが男娼は、いかにも軽侮(ぶ)したように「ふん」と鼻を鳴らした。

「なら用はない。帰らせてもらう」

ばさっ、と袖を鳴らして、季郎の手を振り切る。

「ではな」

そのまま背を向け、一顧(いっこ)だにせず隠し階段を降りてゆく細い姿を、季郎も手下も、茫然(ぼうぜん)と見送ってしまった。

「……何だ、あの男は……？」

手下のひとりが、魂を抜かれたような声で呟く。

「まるで物の怪(け)だ――」

「交わった男の精魂をごっそり奪って腹上死させるという奴がいたな、そういえば」

「ああ、もう死んじまった妓楼のやりて婆(ばば)ぁ十八番の怪談ネタで……って、大哥(あにき)？」

季郎はどすんと牀の端に座り込んだ。まるで悪い風に当たったという風に。

「厄払(やくばら)いの香でも焚いておきやしょうか？」

「……」

手下の気遣(きづか)いに返事もせず、むっすりと膝頭に頬杖(ほおづえ)を突く。

傷ついた。

誇りが、ひどく傷ついた。この俠鬼の頭目・檀季郎に色目を使っておきながら、見込みがないと知るや、ああもあっさりと帰るとは。まるで興味をそそられたのは、体だけ、と言わんばかりに。

(街を歩くだけで、妓女も男娼も放っておかないこの俺だぞ……?)

こっちはそれなりにやさしさも気遣いも、心配までも見せてやったというのに、あいつは感謝も嬉しさも、ちらりとも見せなかった。女からも男からも、ほんの少しの心遣いや微笑(びしょう)を欲しがられてやまないこの俺を、まったく未練なさげに、振り返りもしなかった……。

「……くそっ」

白刃(はくじん)を抜き払う。

そのままの勢いで、西域風の刺繡を施した、紅い絹の羽枕を一気に両断した。

部屋中に、ひらひらと羽が舞う——。

「大哥(あにき)……」

面白くない。

季郎は刀を鞘に収めると、手下たちに、下の店から酒を持ってこいと命じた。

西苑は男娼風の厚化粧を落とし、衣服を着替えてから自邸に戻った。いかにも微行で夜遊びを楽しんできた風だ。

「やれやれ」

今夜は厄日だ。都合のいい一夜の相手も見つからなかった上に、義俠集団の頭目などという厄介な輩に目を付けられてしまった――。

心得ている門番が門を外しておいた脇戸をくぐる。苑池を備えた広い屋敷は、夜半の闇に沈み、灯火のひとつもない。ただ冷たい冬の気配を乗せた風が、がさりと前栽を揺らすだけだ。

西苑の屋敷は「西苑第」という。文字通り王宮の西側に位置し、代々、傍流王族に住居として下賜されてきた由緒ある邸宅だった。ここに住む者は、その通称を「西苑殿」とするのが、歴代の習わしだ。

だから西苑も本名は「西苑」ではない。だが記憶にある限り、父の死によって傍流王族の家を継いで以降は、この名でしか人に呼ばれたことがない。

仔細があって、父母は同時に死んだ。その場所も、この西苑第だった――。

思いを巡らせつつ、暗い苑池のほとりで足を止めていると、

「……西苑」

突然声をかけられ、西苑は飛び上がりそうになった。振り向くと、そこに火を灯した灯籠を下げた

男が立っている。

「——叔父上」

神経質なほど綺麗に整えた短い髭で顎を縁取ったこの男は、西苑の父の弟で、呼び名を烏丸という。甥と同じく傍流ながら王族だが、政にはほとんど関与せず、若い頃から文人としての令名が高い。この初冬に、季節外れな白っぽい衣服を身に着けて、どこか仙人を思わせる雰囲気を湛えているのは、半ば世捨て人である証だ。

(面倒なところを見られてしまった——)

西苑は首を竦めた。昔から俗事と縁を切っているこの叔父は、口うるさい親族ではない。むしろ甥に対して適度に距離を置く、寛大で付き合いやすい人だった。だがそれでも、夜の街で男漁りをしてきたところで出くわしてしまうのは、何ともバツが悪い——。

「……ほどほどにいたせよ」

だが叔父は、ひと言だけ言い置いて、さらりと踵を返した。

その灯籠の灯りが前栽の間を縫って遠ざかるのを見ながら、西苑はため息をつく。

あの叔父はすべてを察しているのではないか。今まで一度ならず抱いた疑いを、西苑はこの時も抱かずにいられなかった。甥の性癖も、夜毎の男漁りのことも、過去の恋人のことも——。

(鉄嶺殿)

軋むような痛みと共に、ある名が浮かぶ。

（……考えても甲斐はないな）

ふるっと首を振って、自房へ向かう。王族にしては質素で、それほど広さもない寝室の扉は、使用人たちの配慮によって鍵はかけられていない。

この屋敷に仕える者たちは、西苑の夜の微行を、庶民の暮らしぶりを知るためのものだと言い聞かされ、納得している。そしてこうして、何気なく西苑が屋敷を抜け出しやすいように配慮しているのだ。

こうして彼ら彼女らからの無言の理解と尊敬を受けるたびに、西苑は皮相な気分になる。ひどい欺瞞だ。本当の西苑は、立派な王族どころか、男なしでは三日と過ごせない淫乱なのに。

（だが今のところ、真相を察しているのは、どうやらあの叔父だけか――）

我ながらしたたかにやっているとは思う。それでもこんなことを毎夜繰り返していては、いつかは真実が発覚する。立派そうに見せていた分、人々からは深く軽蔑されるだろう。そうとわかっていても、こればかりはやめられない。

（だって、そうしなければ……鉄嶺殿のことを思い出してしまうから……）

思い出すまい、としても、死んだ恋人――従兄でもあった――のことは、一度思い出し始めれば際限なく蘇ってしまう。特に眠りに落ちる前の、束の間の時間はつらい。

それを誤魔化(ごまか)すためには、どうしても男の体が必要なのだ。やさしく抱かれるにしろ乱暴に貪られるにしろ、誰かと肌を合わせている間は、嫌なことを思い出さずに済む。房事(ぼうじ)に疲れ切って気絶するように眠れば、亡き人の夢にうなされずに済む――。

（そういえば、あの男――）

ふと今日出会ったばかりの男の顔を思い出す。似ていた。暗闇だったとはいえ、一瞬、本当に亡き人が蘇ったかと驚くほどに似ていた。

もっとも、灯火のある部屋で正面から相対してみれば、それほど似ているようには見えなかった。性格も、鉄嶺はもっと生真面目(きまじめ)で、馬鹿がつくほど律儀(りちぎ)な人だった。対して、あの男は……。

（義侠集団、侠鬼の頭目、か……）

ふざけた男ではあったが、多くの手下を従えるだけあって、なかなかいい男だった、と西苑は寝支度(ねじたく)を整えながら思い出す。眉目(びもく)整い、体のほうも食指が動く程度にはよさげに見えた。本気で寝てみたいとも思ったが、説教臭いところが業腹(ごうはら)で、つい意地悪をしてしまった。誘惑して、それをあっさり翻してやった時の、あの顔……！

牀に潜り込み、衾を引き被って、くくく、と笑う。

愉快だった。まったく愉快だった。あの色事師(いろごとし)気取りの間抜け面(づら)を見られただけで、まあ、今日の失態は帳消しということにしよう――。

　西苑はくすくすと笑いながら目を閉じ、そして間もなく、眠りに落ちた。

　恋人を失って以来、一度も味わったことがなかった愉快な気分の中にいることを、自覚しないまま。

◇　◇

　建国後三百年を経た白海国(はっかいこく)は、平原屈指(くっし)の大国ではあるが、同時に衰退期の斜陽(しゃよう)国家でもある。

　ことに軍事的にはここ数十年間精彩を欠き、周辺の伸長期にある新興国から、文字通り蚕食(さんしょく)されるように、少しずつ領土を食い荒らされていた。王家の血筋も衰弱し、王の若死にが数代続いた挙げ句、現在は若くして病がちな王と、奇跡的に出生したものの、やはり乳児の頃から病弱な太子が、共に細々と命脈を繋(つな)いでいるありさまだ。

　——もし万一、陛下と太子殿下がどちらも儚(はかな)くなられた暁(あかつき)には、王位の継承順は傍流王族に移ることになろうな。

　王都では、身分の上下を問わず、ほとんどすべての人々が無言のうちにそう考えている。

　そして衆目(しゅうもく)の一致するところ、「暗黙の王太子」となっているのは——。

「西苑殿」

　声をかけてきた相手を馬上から見て、西苑は反射的に顔を顰(しか)めた。朝から嫌な奴に遭ってしまった。

「いやいや、そんなお顔をなさるな。お美しさが台無しじゃ」

脂ぎった男に嫌らしくにやつかれながら褒められても、少しも嬉しくない。西苑が睨みつけると、男が乗っているやたらに華美な箱車が、妙な具合に揺れた。男が片肘を突き出している窓から、ちらりと人肌の色が見える。男か女かわからぬが、この傍若無人な男は、噂通り、宮中までの出仕の道々までも、色に溺れて過ごしているのだ――。

（色の道では、わたしも人のことは言えぬが――）

それにしても、この箱車はかつて陛下がお使いであったものを下賜していただいたのではないか。そのようなやんごとない車の中で淫ら事とは、不遜に過ぎる――。

その不遜な男は、だが西苑の顔を見てにやにやと笑う。

「これ、この檀家総帥・檀文集をさようにあからさまに嫌悪されるものではない。国の次代を担う身であられるならば、なおさら我らとは仲良うされたほうが御身のためじゃ。まして御身とわしは少なからずよしみのある間柄ではないか、のう？」

馴れ馴れしい物言いに、西苑は怖気を振るった。

（……つまり、また抱かれろということか）

西苑はまだ若宮であった頃に一度、宮中でこの男に無体を働かれている。あの時の味を、この男は忘れていないのだ――。

『……っ、い、嫌だ。助けて、誰か助けて、父上、母上――ッ……！』

王族の子が手籠めにされたと知っても、檀家の威勢を前に、誰もこの男を処罰することができなかった。それどころか檀文集は、かの美しい若宮を己がものにしたと、宮中で吹聴すらしたのだ。亡き父が叔父の烏丸とそろって「耐えてくれ」と涙を流すのを見、西苑は大きく傷ついた。

檀家はいわゆる軍閥である。軍閥とは、王の臣下ではあるものの、その一族一党独自の領土と軍事力を持つ、いわば国の中に入れ子のように存在するもうひとつの国だ。王国の力が盛んな時期であれば頭を抑えつけられているが、他国の侵攻など、何らかの事情で国が衰える時期になると、しばしばその権力は王をも凌ぐものとなる。檀家もまた、元はただの地方豪族だったが、数代前の王の御世、他国からの侵略をその武力で撃退した武功をもって中央政界に進出。代々政略にも巧みで、今では押しも押されもせぬ権勢を誇っている。

この脂ぎり男の檀文集は、現在の一族総帥である。その持てる財力、武力、そして王すらも王と思わぬ傲慢さからして、現在事実上の天下人と言って過言でないだろう。身分だけはあるが力のない王家にとって、媚びへつらいはしても、逆らうことなど間違ってもできない相手だ。

だがいくら野心があろうとも、生理的に駄目なものは駄目なのだ。本当に権力を握りたいのならば、体でも何でも使ってこの男にすり寄るべきなのだろうが――。

（できるものか。そのようなことが――！）

この男の肉のたるんだ手が触れるところを想像するだけで身の毛がよだつのに……と考えて、ふと思い出したのは昨夜の男だ。俠鬼の頭目。あの背の高い優男。名も聞かなかったのは、やはり少しもったいなかった。朝一番からこの男に悩まされることがわかっていたら、正体を知られる危険を冒してでも抱かれておくのだった。そうすれば、今も少しは気分もよかっただろうに——。

「急ぐぞ」

西苑は馬の口を引く従僕に命じた。

「今朝は朝議の前に、陛下にお目通り願わねばならぬゆえな」

「待たれよ！」

咎めるような檀家総帥の声を無視して馬を進めようとしたその時、騎馬が二頭、ぐるりと前方に回り込んでくる。箱車の男の息子たちだ。確か字は、長子が子魁、次子が子雷。どちらも男盛りの年齢だが、容姿は父親似で脂ぎり、しかも嫌らしいへらへら笑いまでも酷似している。別に容姿がよくないことに罪はないが、問題は中身のほうも父親と相似形だということだ。西苑が無体をされた時、父親の片棒を担いで、西苑を宮中のひと気のない一室に呼び出したのもこ奴らだった。

「……どけ」

低く呻った西苑に、

「まあまあ、そうツンケンなさるな」

長子のほうが馬の鼻面を近寄せてくる。

「さよう、来月の頭には、我が家にて鉄嶺殿の周忌法要(しゅうきほうよう)が予定されてござる」

「――――！」

「鉄嶺殿は檀家と王家とを繋ぐお方であられた。亡き人とは申せ、おろそかにはできぬ。西苑殿も、是非ご参加……」

「どけ！」

鉄嶺を引き合いに出されて、西苑は激昂(げっこう)した。

あの従兄のことで、感情を露わにするのはまずい。彼奴(きゃつ)らに何かあったと教えてやるようなものだ。

そうとわかっていても、西苑は自制できなかった。発作的な仕草で馬腹を蹴り、乗馬を駆って、二騎の間を突破する。

置き去りにされた従僕が、「うわぁ！」と悲鳴を上げるのが、背後に聞こえた。

(檀家の者どもなどに――――！)

西苑は駆ける馬上で、ひそかに涙を拭(ぬぐ)った。

(檀家の者どもなどに、鉄嶺殿のことをどうこう言われて、たまるものか……！)

大切な人だったのだ。永遠の人だったのだ。それを、あんな風に面白半分、揶揄(やゆ)するなど、到底許せぬ――……。

眼前に、亡き従兄の面影がよぎる。

西苑は首を振ってそれを追い払った。せわしなく王宮へと駆けてゆくその騎馬を見て、ゆるゆると出仕する吏員や貴族たちが、何事かと目を瞠った。


「おお、西苑第の従弟よ」

若い盛りの、だが腐りかけの肉片のような顔色をした白海王・周誕は、伏していた寝床から起き上がるなり、弱々しげな笑みを見せた。

この王が西苑を従弟と呼ぶのは、正確な血縁上の繋がりがそうだからではない。白海国では一族郎党間で同世代の者を、すべて「従兄弟」と呼ぶのが慣習なのだ。

西苑とこの王との間には、実は五世代ほども遡らなければ血の繋がりはない。本来ならば宗家からの血縁が三世代以上遠くなった者に王族を名乗ることは許されないのだが、西苑第の一族は祖先に特段の働きがあり、その功によって末代まで王族の身分であることを許されていた。五代も遡らねば王室に繋がらない西苑のような末裔が、幼少期から王宮の深部への出入りを許され、宗家の子弟たちとも交流があったのは、そのためだ。

だからこの王とも、いわば「遠縁の幼なじみ」という関係だ。実際には血縁は薄くても、同じ「周」

の姓を持つ一族だという意識は互いに濃厚にある。

「御無理をなさいますな、陛下。どうかお楽な姿勢で」

体調不良でありながら、大儀そうに牀から両脚を降ろそうとする王を、西苑は跪いたまま手振りで押しとどめた。宗室の王と傍流の当主という身分の違いから、駆け寄って手を貸すなどということはできないのだ。

「いや、そなたは今や我ら白海王家にとって大事な者。寝転がったまま相対することなどできぬ」

「……っ」

それは暗に、この王が腹の中で「自分にもしものことがあれば、次期王位を西苑に」と考えていることを示す言葉だった。その重大さに、西苑は肩口を引き締める。

「陛下、わたくしなどは傍流の末裔にて数ならぬ身。その上、父母は罪を着て――」

「そなたの父母が罪なき身であったことなど、誰もが知ることだ」

若い王はこともなげに言った。逆に西苑のほうが不安になるほどに直截的な物言いだ。

――わたしの父母のことは、檀家の耳目蔓延るこの宮中にては禁句なのに……。

それすらもお忘れとは、陛下はもしや、長引く病のために思慮分別を弱らせておいでなのではあるまいか――とふと不安を生じた西苑の目前で、白海王・周誕は茶を啜った。

「……三日前、宮女がひとり死んだ」

いきなりの縁起でもない話題に瞠目する西苑に、王はどこか壊れたような笑みを見せる。

「何の前触れもなく、溺れて苑池に浮かんでおったそうな……予が閨に召さんとするまさにその日の昼にな」

「――陛下、それは」

「これで四人目ぞ」

は、は、は、と音の割れた鉦のような笑い声が漏れる。

「最初のひとりは井戸の底で、次は昼餉に出た肉料理の食中毒で、そのまた次は軒先からたまたま落ちてきた瓦に頭を砕かれた姿で見つかった。どちらも、予が夜伽を命じたその日のうちのことだ」

かたん、と音がした。王に茶を給している宮女が、動揺して器を取り落としたのだった。必死に平静を装っているその肩は、だが西苑の位置から見ても震えている――。

王はそんな女を横目に見て、無味乾燥に「下がれ」と告げた。宮女は明らかにほっとした態でそそくさと下がっていく。

「檀文集は、よほど予に檀家の血を引かぬ子を産ませたくないと見える」

女の怯えた背を見送り、王は自虐的に言った。

「予が抱こうとした女を、ことごとく抹殺しおるわ」

「陛下、まさかそのような――」

西苑は絶句した。だが口先でまさか、と言いつつ、確信がある。この王の母、そして后は、どちらも檀家の出である。彼女だけではなく、その後宮には檀家出身の女性がずらりと五人も入内しているのだ。王の身辺は、檀家の血でがんじがらめなのである。

そして、后の産んだ太子の健康状態が心もとない以上、次の男子を産むのも、檀家の女のいずれかでなければ困る。それまでは、他家の女に王の子を産ませてはならぬ――というのが、檀家総帥の思惑だろう。

王は無力に首を左右に振った。

「聞き捨てよ。何の証拠もない話だ……そなたの父母の件と同様、皆が真相を知りながら、決して表沙汰にはできぬ――な」

「――――ッ………」

西苑は怒りとも恐怖ともつかない衝動に、肌を粟立てた。何ということだ。西苑たち王族が宮廷から遠ざけられている間に、そのように陰惨な事態が進行していたとは――。

「我が従弟よ」

王は西苑の顔を見て、引きつるような泣き笑いの声を漏らす。

「先ほどの宮女の顔を見たか。予に目をかけられたがために命落とすなど、まっぴら御免と言わんばかりであったわ」

「陛下！」

「ふふ……」

王は口元を歪めた。狂人じみた笑い方だった。

「従弟よ、予は……予は、もう耐えられぬ。誰を愛することもできず、誰からも愛されない。たとえ王宮に住まおうと、そんな日々は牢獄同然ではないか」

「陛下……」

「西苑よ、予はどうすればよいのだ。西苑よ――……」

弱々しいそれは、だが紛うことなき悲鳴だった。西苑はそのさまを見やりながら、ただひたすら、人を人とも思わぬ檀家への憎しみに身を焦がした。何の罪もない四人もの女を証拠も残さず闇に葬り、若い王の御心をこうまで追い詰めるとは――。

（――証拠）

西苑は渇望する思いだった。檀家を追い落とすための、悪事の証拠されあれば……。

それさえあれば、父母の仇を討つことができる。この王を嘆きから解放することもできる。「暗黙の次期国王」として、王の期待に応えることもできる。

それさえあれば――。だが、今の自分はあまりにも無力だ。一族の長である王に縋りつかれたとて、何をすることもできぬ。

そして不自由だ。息苦しくてたまらぬ。この王も、自分もそうだ。王族などは、権力を持たねばただ生かされているだけの籠の鳥だ。

（権力が欲しい……）

誰にも踏みにじられぬだけの、誰にも傷つけられぬだけの権力が欲しい。胸を掻きむしりたくなる程に、欲しくてたまらぬ――。

（権力を手に入れて、そして、すべての枷から自由になりたい――！）

その時、西苑の鼻先を、ある幻の香りがくすぐった。煙草と酒と、そして妓女たちの使う薫物の混じり合った香り――。

西苑はそれが、無性に恋しくなった。それはある男の周りに漂う、無頼と自由の香りだった。

憂さ晴らしの夜遊びに関しては、西苑は肝が据わっているほうだ。だがさすがに昨日の今日で、また男娼の扮装でうろつくわけにはいかぬ。

だから今宵、西苑は従僕を連れ、堂々と男客としてやってきた。高貴の者が身分を隠して色街で遊ぶことはよくある。いっそそのほうが正体をとやかくされることはあるまいと考えたからだ。

三弦の音、紅燈の艶めき、漂う微香、人々の声。堀水のたゆたい――。

「ここはいつも華やかだな」

西苑が周囲を見回すと、従僕は「はい」と同意しつつも、苦い表情を見せた。

「この頃は地方の村が荒れて、王都に売られてくる娘が増えているかと申しますから、自然と店の数も増えておるのでございましょう」

「……」

そうだった。色街の繁盛の裏には、国や社会の衰退と貧しさがあるのだ。

あの男も言っていた。街路で色を売る者は、皆かつかつのその日暮らしだと――。

自分が街娼たちの生活の糧を横取りしていたのだ、と西苑はこの時ようやく自覚した。悪いことをしたな――と思った、その時だった。背後から「西苑殿！」と声をかけられたのは。

「……っ」

嫌な予感がした。背筋を冷たい汗が伝う。

そろりと振り向けば、予想通り、そこに檀家の長子と次子がいた。まだ若宮だった頃、遊び相手として共に太子に仕えながら、西苑を自分たちの父に突き出したあの時そのままに、ふたりでつるむように並んで、にやにやと笑っている。

「子魁どの、子雷どの……」

その名を呼ぶのも汚らわしい、という思いでそろりと口にすると、

「いやいや、よいところで会いましたなぁ、西苑殿」

長子・子魁のほうが、馴れ馴れしく西苑の肩を摑んでくる。

「お珍しい。あなたさまも、このような場所で遊ばれることがおありなのか」

次子・子雷のほうは、やや蔑んだような口調だ。普段は潔癖げに我らを嫌っておきながら、裏ではやはり色を貪っているのではないか――と言いたげである。

「なんの、男子なれば色の道に親しむのは当然のことぞ。今宵は我らと共に歓を尽くしましょうぞ、西苑殿！」

長子のほうに、ぐい、と手を引かれる。「何を――」と身を引こうとした西苑に、生臭い息が吹きかけられた。

「さ、さ、どうぞ参られよ、西苑殿。今宵は我らが一族郎党でそこの妓楼を借り切っておりますゆえ」

「我らが父・檀文集は儲けた男子すでに二十人を数え、女色には少々食傷しており申す」

次子のほうが剃刀のような視線で、西苑の全身を舐め回す。

「ここに西苑殿がおられたは幸いじゃ。いざ我らと共に我が父の前に参られよ」

愛想の良い長子より次子のほうがあからさまだった。つまり女に飽きている父のために男色の相手をせよということだ。あるいは西苑を妓楼から目撃した父親の命令で、後を追ってきたのかもしれない。

（――冗談ではない……！）

だがさすがに、朝方の出仕途上のように、問答無用で振り切ることはできない。檀家の者どもも、ここでなら宮中と違い、多少騒ぎを起こしても――と算盤を弾いての振る舞いだろう。実際、兄弟の他にも、彼らの下の弟や一族の者らしき男たちが、わらわらといつの間にか西苑と従僕を取り囲んでいる。

さらにその外側からは、妓女を連れた男客や男娼たちが、不安げな目で見守っていた。そのまなざしには、いくばくか同情の色がある。

――可哀想に、あの傍若無人な檀家の者たちに目を付けられては、到底逃れられまい……。

（……ここまでか）

西苑は心が折れるのを感じた。今まで散々拒んできたが、ここが限界のようだ。

――大丈夫だ。

嫌いな男に嬲られたところで、死ぬわけじゃない。西苑は自分の荒れる心に言い聞かせた。むしろここで拒み通せば、いずれ父や母のように――。

「ささ、何もそのように憂き顔をなさることはない。我らが元に参られ――おわあっ！」

子魁が、突如足元をもつれさせるように転んだ。仮にも軍閥家の嫡子とは思えぬ無様な仕草だ。

その足元に、直刀の刀が斜めに突き立っている。いったいどこから、誰が――と驚く間に、

「そこまでにしておくのだな、檀家の者ども」

唐突に人垣の向こうからかかった声に、その場のすべての者たちが目を見開いた。

無理に押し退けられるのではなく、風に吹かれる雲のように、舟の舳先で分けられる葦のように、人々の群れが自ずからスッと割れてゆく。その狭間から、垂れ髪を房紐で括った長身の若い男が現われた。

手には螺鈿細工の朱鞘。

——あの男だ。

西苑は一瞬その姿に安堵し、はっと気づいて顔を背けた。この男は、西苑が男娼の真似事をしていたのを知っているのだ——。

「貴様……」

「何用だ。たかだか俠賊の頭目などが、我らを邪魔するな！」

「たかだか？」

若い頭目は、ふんと鼻を鳴らしながら、檀家の嫡子の足元に突き立った刀を引き抜いた。灯火があるとはいえ宵の薄暗がりの中、しかもこれほど大勢の人だかりの間を縫って、どうやってこれほど的確に刀を投じたのか——。

「たかだかとはご挨拶だな。ここは色街。世俗の身分を忘れ、皆が平等に歓を尽くすところだ。喧嘩に貴賤の別を持ち出すのは野暮というものだぞ」

白刃を鞘に収めながらの、特に気負うでもない声だが、男の言葉には揺るぎないものがある。

「それに、色街には色街の作法がある。己れの男ぶりで口説き落とすならともかく、家の威光を笠に、美貌の貴公子を嬲りものにしようなどという無体、見逃すわけにはいかん」

垂れ髪を靡かせつつ、男はさりげなく西苑の前に立ち、檀家の男どもとの間の壁になってくれた。派手な帯を使い、やや気障に絹服を着こなした目の前のその背を、西苑は思わず見上げる。昨夜も思ったが、何と引き締まった体をしているのだろう。それでいて少しもひ弱さを感じさせない。若い虎、あるいはまだ鬣が伸びたばかりの獅子のようだ——。

「言いおるわ。とうに元服しておりながら、ろくに髪も結わぬ半端者が！」

恥をかかされた子魁が、立ち上がりながら怨みを込めて吼えた。

「貴様などが我らの弟なのは、檀家の名折れぞ！」

——お……。

西苑は男の背のうしろで絶句した。何だと？

(弟……?)

この男が、こ奴らの弟——？

(ではこの男……檀家の一族……？)

この身に流れる王家の血とは、まったく相容れない、仇の家の男――？

「都合のよい時ばかり弟にするな！」

若獅子が吼え返した。その声の張り、迫力……野良犬のような長兄の咆哮など、まるで相手にならない。

「俺はこの街で、年少の頃より檀家の名などひとつも使わず、己れの腕一本で侠鬼の頭目に成り上がったのだ。今さら貴様らのような恥知らずに、兄弟面されてたまるものか！」

「……」

そういえば宮中の噂に聞いたことがある。檀家総帥の季子（末っ子）は不肖の子で、朝廷から官位を頂くべき齢になっても無頼の徒と交わり、ろくに出仕もせぬと――。

（それがこの男だったとは――）

西苑があっけに取られる間に、群衆からは「そうだ、そうだ」の声が上がり始める。

「いいぞ侠鬼の大哥！」

「そいつらいつも、やりたい放題で頭にきてたのよ！　金と権力で、散々人の頬っぺたひっぱたきやがって！」

「そうだそうだ、最近じゃ下っ端役人までが檀家の威を借りて露骨に袖の下を要求しやがってさあ！」

「この街ではどんないいとこのボンも庶人と同等さ。それを思い知らせてやんな！」

人々の高揚が、わっと声になって盛り上がってゆく。

それと同時に、人垣の間を縫うように、明らかに堅気でない雰囲気をまとう男たちが、ぞろぞろと現われた。檀家の一党を上回る数である上に、手に手に武器を持っている。見るからに腕っぷしもありそうだ。

それに比べて、軍閥一族の長子と次子でありながら、子魁と子雷の、何と惰弱そうに見えることか——。

「さあ、もうここまでだぞ、兄者ら」

若き頭目は、鞘に収めた刀の先を兄たちの顎先に突き出した。

「これは血族としての情けだ。これ以上、名と体に傷を負わぬうちに退散されたほうが身のためぞ。檀家の名を損なえば、父上を怒らせることにもなろうからな」

「う、くっ……」

この威嚇は効いた。子魁と子雷は顔色を変え、頭目の手下が開いた道をすごすごと退散し、その場は拍手と歓声に包まれた。

(い、今のうちに——)

西苑はその隙に、男の背からそっと離れようとする。

その腕を、がっしりと摑まれた。振り向くと、今しがた盾になってくれた男の顔が間近にある。

「逃げるとはつれないではないか——西苑殿」

若い獅子が一転、狡猾な狼の顔になり、にぃ、と笑う。

「さあ、俺のねぐらへ参ろうか」

西苑は虎の咢から逃れた先で、豺狼の生温かい舌に舐め回される感覚を味わった。


「脱げ」

従僕を追い払われ、昨夜も連れ込まれた隠し部屋にひとりで引きずり上げられるや、西苑は季郎に命じられた。

「何、を——」

紅い灯火がちらちらとまたたく。垂れ髪の男の顔は、その光に映えて黒く笑んだ。

「俺に正体を知られて、『助けていただいてありがとうございました』で帰れると思っているのか？ん？」

「……！」

やはり気づかれていたのだ。西苑が、昨夜の男娼だと。覚悟はしていたものの、目の前が暗くなった。よりによって、檀家の季子であるこの男に知られたのだ。絶対に知られてはならないあの秘密を

――。

「わ……わたしを、どうするつもりだ――！」

おそるおそる、だが精一杯の虚勢を張りながら問うと、

「それはあんた次第だろう、西苑第の公子どの」

男は西苑の顎下に手を伸ばしてきた。反射的に背けた顔を、強引に摑んで引き戻される。

そして鼻先を突き合わせて、告げられた。

「己が将来のために俺の口を塞（ふさ）ぎたいのなら、あんたの選べる道はひとつだ」

「……っ」

「とりあえず、約束手形代わりに俺に抱かれてみろ。あんたの体の具合によっては、まだ絶望する必要はないかもしれんぞ」

あからさまに脅迫されて、西苑は怒りに駆られた。いや、失望と言ったほうがいいかもしれない。

色街の路上で兄たちに絡まれているところを助けてくれたのは、さてはこうして自分が脅（おど）すためだったのか。あの時、己が体で庇（かば）ってくれたのは、ただ獲物を横取りされないようにしただけだったのか……。

（こいつ……）

どうしてこの悪党を、たとえ一瞬でも、あの高潔な鉄嶺殿と見間違えたのか――。

腹を煮やしながら、目を閉じる……ふりをして、薄眼で男を窺う。

「……よしよし」

男は従順になった西苑に満悦の表情だった。だが唇が重なろうとする寸前、西苑は男の腰間から白刃を引き抜いた。

「おわっ！」

ヒュンッ、と刃が空を切る。西苑はちっと舌打ちし、二度三度と打ちかかったが、王族の細腕で刃物など扱い切れるはずもない。たちまち逆手を取られ、ぎりりと腕を捻り上げられてしまう。

「危ない危ない」

季郎は西苑を締め上げながら、ふぅ、と大きく息をついた。

「存外気が強いのだな」

「〜〜ッ、は、はな、せ……！」

「ますます気に入った」

きつく捻り上げられた手から、ぽろりと刀が零れ落ち、床で跳ねてカチンと澄んだ音を立てる。西苑はそのまま男に捕らえられ、牀に押し倒された。

「あ……っ」

ぎし……と、天蓋ごと軋む音。

西苑は目を見開いた。紅い灯火がまたたく部屋は全体が暗い紅に染まっている。その薄闇の中で、垂れ髪の男が自分に伸し掛かっている——。

「まだ信じられんな」

男がまじまじと西苑を見つめながら言った。

「傍流とはいえ王族の一員が、男娼の真似事をして男漁りとは」

「……っ、は、はな、せっ……！」

「それほど男に飢えていたのか？」

揶揄ではなく、純粋に不思議そうな声で問うてくる。

「なぜだ？　あんたほどの美貌なら、そんな危険を冒さなくても、口の固い男くらいいくらでも探せるだろうに——なぜあんな、まるで自分を傷つけるような真似を、ことさらにしようとする？」

「……っ」

「答えろ」

傲慢に命令されて、答えるものか、と眉を寄せた西苑の顔を、季郎はぐいと引き寄せる。先ほどのやり直しとばかり、唇の上に男の顔が重なってきた。

「ん……ん、ん……！」

男の重みに組み敷かれながら、西苑はもがいた。だが季郎の体はびくともしない。たくましく、頑丈で、しかもしなやかな肉の張りを意識した瞬間、力が抜けかける。駄目だ。この男は、檀家の――！

（あ……。で、でも……）

男の唇は、どうしようもないほどに熱くて巧みだった。抵抗空しく、とろりと蕩けた西苑から、唇が離れる。

「――まあ、考えてみれば、次期国王に擬せられている身が、ひと夜も男なしで過ごせない淫乱だと宮中に知られるのは、さすがにまずいか」

自分で問うておきながら、季郎は自分で思いついた理由で納得してしまった。問い詰められなかったことに、内心ほっとする。

一瞬、こわばりが解けた。そこを狙い澄ましたように、胸元に手を入れられる。

「あ、っ――」

服地の下で乳首を摘まれ、反射的に嬌声が漏れた。若い豺狼が、ふっと鼻を鳴らす。

「かわいい反応をする」

「……っ……」

「なるほど、この熟れた体では、夜毎男が必要なのも無理はないかもしれんな」

その言葉が、揶揄するような口調で放たれていたら、西苑の反応はおそらく違っていただろう。だが檀家の季子のそれは、不思議にやさしい響きがあった。

まるで、西苑の深い業を理解してくれるかのような——。

「足を開け」

男の声が、顔の上から命じてくる。

「かわいがってやる——」

西苑は目を閉じ、自分を抱こうとする男に、大人しく身を委ねた。


両胸の先端を、きゅっ……と摘まみ上げられたまま弄られて、西苑はむずがゆい痛みに悶えた。

「ひ、あっ——……!」

背骨が反り返り、前をはだけられ、胸元を剝き出しにされた体が、男の目前で跳ねる。季郎はそんな西苑の体をまじまじと凝視しながら、「美しいな——」と呟いた。

「何て綺麗な肌だ。まるで乳脂を固めたみたいだ——」

「あっ、あっ……」

つつっ……と指先が胸の中央を撫で下ろす。

「惜しいなぁ」

くくっ、と笑い声。

「こんな仄暗い灯火の中でしか見られないとは――。燦々と輝く真昼の太陽の下で見てみたいもんだ。それこそあんたを、一糸まとわぬ姿に剝き上げて」

「……ッ……！」

西苑はつい、男にそうされる自分を想像してしまった。その瞬間、男は西苑の両手首を枕辺に押さえつけ、もう片方の手で衣服の前すべてを下腹まではだけさせた。一瞬の早業で、抵抗する暇もない。

「もう濡れている」

男の声が容赦なく指摘してくる。「まだ、胸を少し摘まんだだけだぞ？」とわざとらしく不思議そうに語尾を上げながら、窄んだ先端を指の腹で押された。

「困った体だな。まだ硬い蕾のうちから、虫を誘って蜜を垂らしている」

「い、うな、ばかっ……」

「馬鹿はひどいな。素直でかわいいと言っているのに」

檀家の末子はそう苦笑すると、西苑のまだ鎌首をもたげ始めたばかりのものを掌で包んだ。

「こんなにぬるぬるでぐっしょりにして――淫らで節操もないが……いい形だ。このくらいの大きさだと、片手だけで存分に弄れる」

「――――～～～っ」

「よかったな、今まで変な男に傷つけられたりしなくて――」

ん？　と囁きかけられながら、弄り回される。くちくち、と男の指の立てる水音が、段々と大きくなってゆく——。

「ん……！」

西苑は顎先を振って悶えた。色街の粋人気取りなだけあって、季郎の指使いはひどく巧みだ。この男はたぶん、男も女もさして変わりなく抱くのだろう。この猥雑な色街で顔役を張るからには、閨のことも人一倍でなければ、皆が納得するまい——。

ぺろりと、男がことさら見せつけるように、自身の濡れた指を舐めた。そして西苑を苛めるような顔つきで告げる。

「——甘い」

……ずくん、と。

股間でも乳首でもない、体のもっとずっと奥で、怪物のようなものが起き上がる。それはひどく熱く、濡れて滑らかで、西苑のすべてを甘く痺れさせる。

手当たり次第、男に抱かれても、淫らで危険極まりない状況で身を任せても、めったには起き上がらないそれが目覚めたことを感じ、西苑は歓喜に痺れた。これだ。これが欲しいばかりに、自分は——。

（——まだ手で弄られているだけなのに）

この男はいい。当たりだ……と頭の端で考え、だが次の瞬間、はっと醒める。

馬鹿、何を考えている。この男は檀家の末子ではないか。自分たち王族とは、不倶戴天の敵の——。

だがその時、季郎が浴びせてきた口づけに、再び西苑は目が眩んだ。

男は熱く濡れた舌を巧みに動かし、西苑の奥底にひそむ情欲をくすぐってくる。激しく、口をいっぱいに覆われて、あっという間に狂わされる——。

「はっ、あ………」

男の舌先が微妙に絡まりつつ離れていった時、西苑の息はすでに乱れていた。まだ男の手できつく押さえつけられたままの両手首の拘束感に、鳥肌が立つ。

——誰にも言えない。

王族の身で、誰に言えることでもない。ただ抱かれるだけではなく、男の乱暴さや支配欲にさらされるのが好みだ——などということは。

だからこそ同じ階級の情人を作らず、男娼の真似事などをして街で下衆の男どもを拾うような真似をしていたのだ。街娼を買うような男たちは、多かれ少なかれ日頃の鬱積をぶつける相手を求めていて、底意地悪で乱暴だった。だが街娼と言えど傷つければ騒ぎになるから、本当に命を危うくするような真似をする者は、めったにいない——いない、はずだ。もしも本当に危険な男に当たったら——その時はその時だ、と思っていた。

(だってわたしは、すでに人の命を奪った身。どうなろうと、自業自得だもの……)

——鉄嶺殿。

瞼に浮かぶ面影は、どこまでも物やわらかでやさしい。

あの頃、西苑は色々なことが重なり、心の痛みに負けそうになっていた。従兄に当たる鉄嶺は、そんな西苑を一部の隙もなくやさしさで埋めることで癒やそうとしてくれた。それは、ほとんど完璧に成功していた——政治という冷酷なものが、容赦のない力でふたりを引き裂いてしまうまでは。

幸せだった。

幸せだったのに——。わたしは、何か得体の知れぬ妄執に憑りつかれて、あの黒い羽で、自らそれを砕いてしまった……。

——あの黒い、死の羽で……。

「……どうした?」

男が、絡め合わせていた舌を解きながら、西苑の顔を不思議そうに覗き込んでくる。

「なぜ泣いてる——?」

「……っ……」

西苑は、とっさに男から顔を背けて涙を隠そうとした。だが頤を摑まれ、無理矢理、男の顔のほうへ引き戻される。

は――と息を呑む。

――似ている……。いや、違う――。

顔を合わせた瞬間はっとし、だがよくよく見ればやはり「違う」と感じるのは、鼻筋の通った細面という特徴が共通しながら、目の表情がまるで違うからだ。鉄嶺はこんなにギラついた男ではなかった。こんな非礼な男ではなかった。こんなに傲慢に、西苑を支配しようとする男ではなかった……。

「ふぅん……」

男が鼻を鳴らした。

「誰か別の男を想っていたな――？」

西苑が驚くよりも先に、季郎の目が底光りした。

「あいにくな、俺は抱いている相手が感じて泣いたのか、そうじゃないのかもわからないほど初心じゃなくてな」

「……！」

「あんた、誰か好きな男がいるんだな――」

奇妙にしみじみとした口調で男は呟き、暗い灯火の中で、西苑の顔を凝視した。

その、少し眉間を寄せた表情にどきりとする。何だろう、この、怒りのような、苛立ちのような、悲しみのような顔は――。

その男の表情は、西苑の中の何かを縛りつけた。茫然とし、身動きもとれない状態の西苑から、男はいきなりすべての衣服を剝ぎ取った。

様々な明度の紅色が彩る褥の上に、西苑の白い裸体が転がされる。

息を吞む西苑の前で、男は自分の衣服をもすべて脱ぎ捨てた。

大樹のように雄々しく瑞々しい裸体が仁王立つさまを、西苑はただ見つめた。

男が覆いかぶさってくる、その間も、西苑は身じろぎもせず、男を凝視し続けた。

「――動くなよ」

何かぬるつくものを使って、蕾を解される。解されながら、しきりに口で両胸の先を吸われた。

きゅうっ……と、吸い音。

「ひ、っ……………！」

跳ねる体を押さえつけられる。押さえつけられたまま、男の目の前にさらされる部分の肌という肌を舐めしゃぶられた。

「あ……あ……」

まるで大皿に載せられた仔羊のようだ。男に食われている。肌の隅々、肉、骨、そして内臓や血汐までも――。

ずるっ……と男の指の節が、蕾の輪を広げながら出てゆく。充分に潤まされ、異物に慣らされていることが、その感触でわかる。

「は……」

そして覚悟を決める間もなく、男の逸物が沈み込んでくる――。

「ア…………アア――――ッ……！」

悲鳴を上げたのは、痛みや異物感にではなく、そのとてつもない熱さにだ。

「熱……熱いっ……！」

脚を開いて男を受け入れたまま、身を反らして西苑は泣いた。

「熱い――！　熱い、いやだ、熱いっ……！」

まるで焼けた鉄棒を挿し入れられたようだ。身じろいで逃げようとしても、すでに体の芯を支配されていて、身をずらすこともできない。

その芯棒となっているものが、動き始める。

「ん、っ…………！」

男が体重を乗せてくる。そして引く。また奥を突く。引く――――。

ねっとりとした動きで、奥の奥まで犯される。延々とそれを繰り返されて、西苑は悶え狂った。

「ひ、ひいっ……ああ、駄目、もう駄目――！」

だが男の充溢はおそろしく強靭で、なかなか欲望を放とうとしない。その間、西苑は二度も陥落させられた。したたかに揺すぶられ、腰を使われて、玩具のように振り回され、弄ばれた。

「も、もうゆるして――……ゆるして……ッ」

泣きながら首を左右に振ると、髷を作っていた髪が解け、紅い褥の上で乱れ散る。その髪を、男が手に絡め、口元に引き寄せて愛玩する。

「西苑」

自分の名を呼ぶ男の息が髪にかかる。まるで髪の毛に神経が通ったように、それにすら感じた。

「西苑――」

男が深くを責める。奥を焼く熱さが、なおも熱量を増してゆく。両手の指で乳首を捻り上げられて、さらに胸が反った。

「い、っ……や、あ、あぁぁ…………」

悲鳴が止まらない。それが嬌声になり、やがてその声も涸れても、西苑は枕を逆手に摑みながら、引きつるような息を喉から絞り出し続けた。

「い、くっ……。ま、また、いく……ッ……！」

腰に男の逸物を呑んだまま、震えながら反り返る西苑のものが、自分を犯す男の腹の下で、白い涙を放った。

――男が煙草を吸っている。

きつい香りに顔を顰め、むくりと身じろぐと、季郎は西苑が目を覚ましたことに気づき、煙管の吸い口を差し出しながら、「吸うか？」と尋ねてきた。

「いや……いい」

気だるく手を振って、断る。よほど煙たそうな顔をしていたのだろう。季郎は苦笑し、煙草盆を引き寄せ、ふっと吹く音と共に火皿から灰を落とした。

「――満足したようだな」

西苑が嫌味たらしく言うと、義侠の男はくすくすと笑って真横に体を伸べてくる。

「そうだな、久しぶりにいい気分だ……愉しませてもらったよ」

そして獲物を我が物にした悦(よろこ)びを確かめるように、肩や背をべたべたと触ってくる。思わず身を捩(よじ)ったのは、不快だったからではなく、くすぐったかったからだ。図体(ずうたい)が大きくて人懐(ひとなつ)こい、だが悪い狼にじゃれつかれているような気さえする。

貪欲(どんよく)で、悪党で乱暴で――だが一心にじゃれついてくる、牙も愛嬌も同時にある狼。

（性質(タチ)の悪いやつだ……）

困ったことに、愉しんだのは西苑も同じだった。それこそ口が裂けても言えないが、西苑の体はこの男を気に入ってしまった。髪のひと筋、血の一滴、肌の隅々までもが熱で洗われ、深く満たされた感覚に浸(ひた)っている。これほど満足した情事は、かつてなかったかもしれない。

——鉄嶺殿とのそれを除いては。

ついため息が漏れる。その時、

「これからも、時々抱かれに来い——西苑」

初めてまともに、しかも馴れ馴れしく通称を呼ばれ、西苑はむっと眉を寄せた。だが季郎はどこ吹く風で上機嫌なままだ。

「そうすれば、親父や兄貴たちにはあんたの醜聞は黙っていてやる」

「——なぜ?」

思わず褥に手を突いて身を起こした。そして暗い中で、仰向(あおむ)けに横たわる男の顔を凝視する。

季郎はくっきりとしたまなざしで西苑を見つめ、苦笑した。

「なぜ、とは心外だな。俺はあんたの秘密を守ってやる、と言っているんだぞ。もう少し嬉しそうな反応をしてもいいだろうに」

「……貴様の約束など信じ切れるか」

暗い灯火の光の中では、やはり亡き人に似ているように見える季郎の微笑から、西苑はつんと視線を外した。

「確かに、父親や兄たちとはあまり仲が良いようではなかったが——貴様とて檀家の一族だろう？　次期国王の弱みを握っておきながら、それを自分ひとりの胸に収めておこうと言うのか？　どうしてだ？」

西苑には理解できなかった。今の政治情勢下で、王族——それも次期国王に内定している西苑を自在に操れる情報は、権力志向の強い檀家にとって、喉から手が出るほど欲しいもののはずだ。

それに白海国の人々にとって、一族郎党、あるいは血族とは、時に国や主君よりも重んじられ、また頼りにされる存在だ。檀家の利益となる情報を死蔵するのは、いわばその何よりも大切な家族を裏切るに等しい。それをあえてしようとは、よほどの理由がない限り、到底、信じられるものではない。

「そうだな——」

季郎は西苑を見つめ返しながら、どこか遠くを見る目をした。

「意趣返し——かな」

「意趣返し？」

つまり、復讐だと……？　訝しげな顔をする西苑に、季郎は「俺は……」と、静かな口調で語り始めた。

「俺は生まれながらに檀家の中では物の数に入らない余り者でな。まあ、艶福家の親父にとって、ちょっと手を出しただけの田舎出の妓女が生んだ二十何番目かの息子なんて、端から目に入っていなかったのは無理もないいんだが……」

「――……」

「そうとわかってはいても、俺とて傷つくことはある。俺の母は俺がまだ小童だった頃、急に胸を病んで死んだのだが――その葬儀の時、親父は言ったんだ。子を身籠もったと言うゆえ、体面上見捨てることもできず一応引き取ったが、もう掃いて捨てるほどいる息子など別に必要なかった。妓楼からの落籍と葬式に金がかかっただけで、何の役にも立たない女だったわい――と」

西苑は小さく、だが鋭く胸を突かれた。なるほどあの檀家の総帥ならば言いそうなことだ。冷酷というより無神経なのだろう。だが言われた側の息子にしてみれば、理不尽な言葉の暴力以外の何ものでもない。父親にとって二十番目であろうが五十番目であろうが、息子から見れば父はこの世にひとりきりで、己れもまたこの世にたったひとりきりの己れなのだ。それを父親から母共々塵芥のように打ち捨てられては、いかに小童であろうとも――いや子供だからこそ――さぞ傷ついただろう。西苑は決して人に対して思いやり深い性格ではないが、それでも、親から否定され無視された子の気持ちくらいは、想像がつく。

「だから父親を怨んでいると？」

「いや、怨むというほどの感情もない。互いに関心がないということだ」

そう告げて、季郎は一度仕舞った煙草に再度手を伸ばした。悠々とした仕草に見せかけているが、吸わずにいられない、という苛立ちがあるように、西苑には見えた。

「親父は俺に親としての情愛をくれなかった。兄たちはもっとひどかったな。母がおらず、親父も無関心なのをいいことに、まだ幼い俺を鬱憤晴らしの道具にして苛め倒した。そんな一族の者たちに、わざわざ利をもたらしてやる義理はないと思わないか？」

「……それは……そうかもしれんが……」

つまりこの男にとって、実家の政敵である西苑の弱みを握りながらそれを秘めておくのは、冷たい仕打ちへのささやかな仕返しだということなのだろう。

しかし情愛は薄いとはいえ、濃い血の繋がりがある親兄弟の関係を、そうばっさりと切り捨てられるものだろうか――。なおも戸惑う顔の西苑に、

「まあ、そう疑うな」

季郎は煙草に火を移し、粋な仕草ですぱっと一服吸いつつ言った。

「この街は家にいられずグレていた俺を受け入れてくれた唯一の居場所だった。だから俺にとって、本当の家族はこの色街の連中だ。本当の兄弟は、俺を大哥と呼んでくれる『俠鬼』の手下どもだ。それに、売られてきた妓女やはみ出し者の俠徒の境遇に接していれば、嫌でも檀家がどれほど好き勝手なことをしているか、今の世の中がどれほど疲弊し、腐り乱れているかをまざまざと実感できる。いくら血族でも、愛想も尽きようというものだろう？」

ふーっ、と吐き出される紫煙(しえん)を、西苑はただ無言で眺めていた。

信じていいのだろうか――と、迷いはまだある。

――だが、ひとつだけわかったことがある。この男は寂しいのだ。

西苑には、なぜかそのことだけはすんなり理解できた。この男は、口では何と言おうとも、心の奥底に愛に飢えた子供の寂しさを押し隠している。それがこの男のありように、得も言われぬ陰影を与えているのだ。きっとこの街の男も女も、その寂しさの影に引き寄せられているに違いない……。

(……馬鹿、絆(ほだ)されるな)

西苑は口元を引き結んだ。確かに魅力ある男だが、この男は敵の一族の一員だ。心を戒(いまし)めながら牀から両脚を降ろし、床に散らばった衣服を拾う。

「帰るのか?」

意外げに、季郎は目を瞠った。「朝までいるとでも思っていたのか」と嫌味な口調で返すと、「思っていた」といかにもそれが当然のように、心外そうな声が返ってくる。

「そう急(せ)くことはないじゃないか　あんたも俺の味は気に入っただろう?」

しゃあしゃあと言うその面憎(つらにく)さに、西苑は立ち上がり、男に背を向けた。図々しい奴め。たかだか一度抱かれただけで、この西苑が檀家の男に、そこまで気を許すはずがないだろうが――。

「取り引きは成立した」

慌ただしく衣服を羽織って、シュッと帯を締め、崩れた髷を直す。

「……これ以上、貴様に愛想を見せる義理はない」

「ふふん」

西苑の嫌味が応えた様子もなく、季郎は煙管を手にうすら笑う。

「ではこれからも、俺に抱かれに来るか？」

額にかかる乱れ髪の間から透けて見える、嬲るような目の光。

好色そうな顔を睨みつけ、西苑は応える。

「貴様が口を閉じていると言うなら、わたしも約束は守る」

「そうか」

すると季郎は口元を左右に広げ、屈託なくぱっと笑った。

「楽しみだよ」

「——……っ」

だから、その性質の悪い笑みはやめろ、と心の中で喚きながら、西苑は背を向けた。隠し部屋に相応しい、堅牢だが目立たないよう細工された扉に手をかけ、引き開ける。

「気をつけてな」

部屋を出ていこうとした時、背後から男の明るい声がした。

「でないと、悪い狼に食われるぞ」

「貴様がそれを言うな！」

西苑は男を怒鳴りつけるや、扉をバァンと勢いよく閉ざした。

——その夜、西苑は、巨大な狼に、体じゅうを舐め回される夢を見た。

獣は四肢を踏ん張り、その毛並みを押しつけるように西苑を組み伏せながら、唾液のしたたる熱い舌であらゆる敏感な場所に触れてきた。脇の下、臍の周り、膝の裏——そして、やわらかな足の付け根。

『ああ……駄目だ、そんなところ……』

西苑は恥じらうように身を捩りながらも、ただ気持ちいいだけだった。毛並みの肌触りも、舌のぬめりも、そのやわらかさも熱さもたまらなかった。そして時折手で触れて確かめる顔に、鋭い牙があるのも。

——わたしを食い殺せるのだ。この獣は、その気になればいつでも……。

ぞくり、と肌が粟立つ。

自分が残忍なもの、圧倒的なものに魅了されやすいことを、西苑は知っていた。いつでも自分を殺せるもの——それだけの力があるものを、無性に求めてしまうのだ。

自分でも危険だとわかっているものに、どうしようもなく引き寄せられてしまうのだ。まるで灯火にまとわりつく蛾のように——。

狼が、喉の奥を低く鳴らしている。その響きが、西苑の体を芯から震わせる。

「……——う」

西苑は、自分が何者かの名を一心に呼んでいることを知った。

「……——う……！」

だがそれが誰の名なのかを、ついに知ることはできなかった——。

……庭で小鳥たちが鳴いている。

冬の間は、叔父の烏丸が侍女たちに命じて麦粒を撒かせているのだ。だから西苑第の苑池は、真冬であっても鳥たちの姿が絶えない。

西苑は朝粥の椀を抱えたまま、ぼんやりとしている。

（まるで眠った気がしない……）

なぜあんな淫夢を見てしまったのだろう。まるで三日前の情事を恋しがっているみたいではないか。まるで、あの男に、早くまた抱かれたいと思っているみたいでは……。

(……馬鹿な)

ため息をついて、粥をひと匙。

(確かに悪い味の男ではなかったが……あの男とはあくまで取り引きの関係だ。体を与えるにしても、あまり溺れてはならぬ。あまり……)

『そうか』

男の声が、脳裏に響く。

『楽しみだよ』

「——何を赤い顔をしておるのだ、西苑」

匙が手から落ち、椀の端でカラン、と鳴った。

「叔父上……！」

「朝の挨拶に来ぬゆえ、心配になってな」

常に西苑に対しては一定の距離を置いている烏丸は、珍しくそんなことを言いながら甥の正面に座った。一族の年長者に対して「出ていけ」とは言えず、西苑は「お茶は」と伺いを立てる。

「結構だ……西苑」

烏丸は奥深い、よく光る目を向けてきた。

「お前も少しは遊びごとを覚えたほうがいい」

「……いきなり、何ですか」

甥の性癖を含め、おそらく何もかも察しているだろう烏丸に、唐突にそんなことを言われ、西苑は面食らった。夜遊びなら散々している。叔父上とてそれは御承知なのでしょう——？　などと口に出して言えるはずもなく、真意など確かめようがない。

「わしが言う遊びごとというのはな、生きることを楽しむことだ。生あることの喜びを満喫することだ……。お前は自分が生きていることを、自分で踏みにじってはおらぬか？」

「……わたしは叔父上のように楽や詩文の才もありませぬゆえ」

おそらく叔父の思うところとはだいぶずれたことを答え、西苑は下を向いた。

烏丸の憶測は、当たっている。夜歩きや男漁りをやめられないのは、それを楽しんでいるからではない。自分を苛めているからだ。自分を苛め、踏みにじってくれる誰かを、求めずにいられないのだ。

破滅を怖れているくせに、それにぎりぎりまで近づくことを、どうしてもやめられないのだ。

そして唯一、そんな西苑を愛情をもって止めてくれそうだった人は、今はもう……。

「鉄嶺殿の法要は、十日後だそうだ」

「……！」

ちゅんちゅん、と鳥の囀り。

「忘れるでないぞ」

言い残して、烏丸は茶の一杯も口にせず、席を立った。

庭を縁取る回廊を、舞いの鍛錬で優雅に整った足取りで去ってゆく叔父を、侍女と共に茫然と見送りながら、西苑は暗い穴の底に落ちてゆくような気分を味わった。

——鉄嶺殿……。

叔父は知っているのだ。

かの人の死の真相を——。

——阿魚、阿魚、どうしたのだ。

幼名で呼びかけられて、西苑はぎくんと肩の線を震わせた。慌てて立ち上がり、口元を拭う。

遠くから聞こえる節句の祭りの楽しげな音色を背後に、鉄嶺はさくさくと下草を踏んで近づいてきた。西苑が屈み込んでいたそこには、盛りの桃の花が美しく咲いていたが、来客たちがさんざめく宴席からは遠く隔たり、今は侍女や従僕たちの気配もまったくなかった。鉄嶺は、だからたまたま西苑を見つけたのではなく、具合の悪そうな族弟がそろりと宴席を離れるのを見て、わざわざ後をつけてきてくれたのだろう。

——……何でもございません、鉄嶺殿。

さく、と草を踏んで、鉄嶺がまた一歩、近づいてくる。

——何を言うか。そんなひどい顔色をして——また吐いていたのではないか？

——……いいえ。

西苑は決然と嘘をついた。誰にも、苦しんでいることを知られたくはなかった。

先年、宮中で檀家の男から理不尽に踏みにじられてからというもの、人の集まる場所や宴の席では、決まって気分が悪くなるようになってしまった。薬師に診せても、まじない祈禱を頼んでも駄目だった。人々が盛んに檀家の名を口にし、ある者はおべっかを使い、ある者は不満を露わにするところに遭遇すると、まるで今しがた聞いたことを体から追い出そうとするかのように、嘔吐感が湧いてくるのだ。

だがどんなに苦しくても、そのことを人に知られるのは嫌だった。息子の苦しみようを知った父が、そっぽを向きながら「耐えてくれ」と言った瞬間、もう決して人には話すまいと誓ったからだ。

父の真意はこうだった。凌辱を受けた西苑の苦しみを除くには、檀家を王族に対する不敬の罪で処罰し、その当主と息子どもに報いを受けさせる以外に方法はない。だがそれは、今この国の誰にもできぬことだ。無念だが、この父にもどうしてやることもできぬ……。

その時、西苑は悟った。誰に訴えようとも、この傷ついた心を癒やすことは不可能なのだ。ならばもう、誰にもこのことは告げまい。告げたところで、不必要に名が傷つくだけだ――。

だがこの年上の従兄だけは、西苑の傷の存在に気づいていた。生まれながらに聡いところのある男だったし、傷ついた小鳥や犬猫を拾ってきては手当てをして面倒を見るようなやさしい心を持っていたから、西苑が放つ痛々しい雰囲気を見て見ぬふりできなかったのだろう。

――意地を張りたい気持ちもわかるが、今日はもう房へ戻ろう。西苑さまたちには、後でわたしが言っておいてやる。

この時、「西苑」と呼ばれていたのは、まだ父のほうだった。西苑――当時はまだ幼名の「阿魚」で呼ばれることがたまにあった――は、大丈夫だと拒んだものの、結局は従兄に腕を引かれて無理に連れ戻された。そのまま房に放り込まれるだけかと思いきや、鉄嶺は西苑に祭りの晴れ着を脱がせ、無理矢理牀に押し込んで、つきっきりの看護までし始めたのだ。

――阿魚、水を飲むか?。

――……いいえ、結構です。

従兄の気遣わしげな視線から、阿魚はついと目を逸らした。迷惑だと言わんばかりの態度だったが、本当はいたたまれなかっただけだ。

鉄嶺の一族は姓を干と言い、元は西方からやってきた剽悍な異民族だったらしい。鉄嶺もその慣習に従って勇ましい名を付けられているが、本人はどちらかと言えば烏丸叔父を思わせるような、白海国系の血が強い柔和で高雅な容貌をしていた。——要するに美男子だったのだ。

舞や楽を好み、詩文を嗜むこの教養高い従兄を、西苑は幼い頃から慕っていた。最初は族兄として——次に、淡い想いの相手として。

だがそれも、今は遠い感情だった。檀家のあの男に穢された自分にはもう、誰かを恋い慕う資格などないのだ。そんな美しく清い感情を抱いていたのは、もう過去の自分なのだ——。

そう思っていたのに。

——阿魚。

衾を摑んでいた手を、突然上からぎゅっと握りしめられて、西苑はびくんと震えてしまった。

——阿魚、わたしは悔しい。

——！

——悔しい……。なぜこんな理不尽が許される？　なぜ踏みにじられたそなたが、何の償いも受けず、その痛みと苦しみにひたすら耐えなくてはならないのだ——！

——て、鉄嶺殿……。

——阿魚……。

鉄嶺は族弟の手を取り上げる。そして——散りやすい花びらに触れるかのように、おそるおそる口づけた。

——……！

西苑が息を呑むのと同時に、鉄嶺は房を飛び出していく。その寸前、一瞬だけ西苑と見つめ合ったまなざしには、しまった——と己れの行為を悔いる色が浮かんでいた。

しまった——。

とうとうやってしまった。とうとう己れの気持ちに負けて、この族弟に手を触れてしまった——と。

西苑はその時、気づいたのだ。

あの年上の従兄が、いつからかずっと、自分を想ってくれていたことに。

そして西苑が穢された後も、変わらず想い続けていてくれたことに——。

鉄嶺と結ばれたのは、それから月の満ち欠けが数度あった後のことだ。

——阿魚、どうしたのだこのような夜半に。

突然、案内も請わず、庭から房へ押しかけてきた族弟を見て、すでに寝支度を整えていた鉄嶺は、目を瞠った。

——鉄嶺殿……。

西苑の声は、震えていた。

——とにかく、中にお入り。いかに夏とはいえ、夜半にそんな薄着では体に障る……。

促す鉄嶺の手に背を撫でられた瞬間、西苑の中で最後まで保たれていた何かが切れた。

——お許し下さい、鉄嶺殿……！

ひと言、懺悔をするのがやっとだった。もはや衝動に耐えることができず、西苑は飛びつくように鉄嶺を牀に押し倒した。そしてそのしなやかな長身の上に、馬乗りに伸し掛かった。

——阿魚、阿魚何をするのだ、よさぬか、阿魚……！

そして、驚き押し退けようとする従兄の手を拒み、寝衣の裾をたくし上げ、現われ出た若々しい逸物に、まるで飢えたように貪りついた。傍から見れば、死ぬ寸前まで渇いた者が、瑞々しい果実に食らいつくさま、そのものだったろう。

——あ、阿魚……そなた……。

あまりのことに、鉄嶺は族弟に食らいつかれたままの姿勢で、硬直している。

——お許し下さい。どうか許して。

涙ながらに、西苑は従兄を見上げ、唾液に濡れた口で情けを請うた。

——おかしくなりそうなのです。夜、ひとりで牀にいると、あの男に穢された時の感触が……匂いや声や物音の記憶が、まるで今その場にいるかのように蘇ってしまう。あの男の体の……精の匂いが、頭の奥にこびりついて、どうしても消えない……！

——阿魚……。

——わたくしを助けて下さいませ、鉄嶺殿……！　き、貴兄なら……わたくしは、貴兄になら……！

西苑は、それ以上鉄嶺の反応を待たなかった。たとえ鉄嶺が族弟を拒絶するつもりであっても、引く気はなかった。無理矢理にも奪い取ってしまうと、心に決めていた。

——ああ……鉄嶺殿、てつ、れい、どの……！

無我夢中で動き回った後、西苑は、仰臥したままひくつくように喘ぐ鉄嶺の上に跨がり、深く繋がった姿で腰を回していた。無理強いしたからには、鉄嶺に至上の悦楽を味わってもらわなくてはと、必死だった。

——鉄嶺殿……どうかわたくしを奪って……。貴兄のものにして下さいませ、鉄嶺殿……！

——……っ、く……！　あ、阿魚……っ……！

族弟に伸し掛かられている鉄嶺は、気持ちよさげにのたうっては、ハッと息を呑んで正気に返り、西苑の艶姿を見上げては、見てはならないものを見てしまったように目を背けた。悦楽に溺れてしまいたい気持ちが半分、いけない駄目だと踏みとどまろうとする気持ちが半分のようだった。だが若い肉体は、徐々に悦楽のほうへと傾き、最後には自ら手を伸ばして、西苑の括れた胴を掴んだ。

——阿魚、愛しいわたしの阿魚……！

鉄嶺が愛撫(あいぶ)の手を動かしながら、浮かされたようにそう囁いた瞬間、西苑は自らの穢された魂が従兄に受け入れられ、清められ、浄化されるのを感じた――。


蜜のような幸せが、それから三年ほど続いた。

西苑と鉄嶺は、誰にも知られぬ逢瀬(おうせ)を続け、ある時は猟師しか分け入らぬ山中の庵(いおり)で、ある時は夜河に浮かべた船の中で、体を重ね、互いの肌を貪るように愛撫し合った。

西苑は残酷な過去から逃避するかのように、がむしゃらに鉄嶺を求め、鉄嶺は時に淫蕩なほどの奔放(ほんぽう)さで接してくる西苑に溺れて、春の花を三度(みたび)見る頃には、ふたりは互いに羽化登仙(うかとうせん)の境地に達していた。もはや自分たちの間を引き裂ける者は誰もいない。自分たちを引き離せるものはこの世にない――。そう信じていた。

だが……。

棚(たな)から石床に落ちた磁器の椀が、ぱりん、と音を立てて砕ける。

――阿魚！　阿魚、やめろ、おい、やめろと言っているだろう！

その日、荒い麻織りの白い喪服を着た西苑は、同じなりをした鉄嶺が後ろから引き留めようとするのを振り切り、幾度も突き飛ばして、自分の房(へや)に駆け込んだ。

そしてそこにある刀を持ち出し、鞘から白刃を抜き払おうとした。その手を、鉄嶺は懸命に押しとどめる。

——阿魚！　阿魚、落ち着け……！　無茶だ、この場で父母の仇を討とうなどと！　そなたが返り討ちにされるだけだ！

——構いませぬ！　父上と母上の無念を晴らせるならば、命など惜しくない！

——馬鹿者！

鉄嶺はそう叫ぶと、西苑を平手でその場に打ち倒した。

からん……と、刀が飛んで転がる。それを、鉄嶺は石床から拾い上げ、決して渡すまいとばかり両手で握りしめた。

——早まるな！　そなたの父母がなぜ、あのように潔く、自ら毒を呷って果てたと思うておる。ひたすら、そなたに累を及ぼすまいと願われたからではないか。その父母の思いを無にするつもりか——！

——……ッ……！

西苑は倒れ伏したまま、唇を噛んだ。その細い肩を、鉄嶺が一転してやさしい仕草で、両手で包み込む。

——そなたとて知っているだろう。かつて王妃の地位にまで昇ったわたしの大叔母が、その地位を狙う檀家出身の妾妃に姦通の罪を着せられ、母子共に死を賜ったことを……。彼奴らは邪魔者を除くためならば、その程度のことは躊躇もなくやってのける。それを知っていたからこそ、そなたの父と母はそなたの命を守るために、死を賭さざるを得なかったのだ。阿魚、こらえろ、こらえるのだ……父母の愛を無に帰してはならぬ――。

諄々とした声。あたたかい掌。

――嫌です！

だが西苑はそんな恋人の手を振り切った。

――嫌です……！　わたしはもう決めたのです。檀家を倒す。今は無理でも、いつか必ず彼奴らを、この世から消し去ってやる……！

呪詛の言葉を吐く族弟を、鉄嶺は振り払われた手を空に浮かせたまま、困惑の表情で見ている。

すべては先代王が崩御し、王太子が即位したものの、すぐに病臥したことから始まった。若い王はそれまでは比較的健康であったから、この病はまったく予想外の事態で、朝廷は上を下への騒ぎになった。太子はこの時まだ出生しておらず、もしこのまま即位したばかりの王が身罷れば、王家は直系の継承者が絶えてしまう。

傍流王族だった父と、その正妃だった母は、この情勢下で突然、「王を弑し、自らが王位に即こうと企んでいる」と告発されたのだ。無論、まったくの濡れ衣であり、誣告であることは王自身を含めた皆が承知していたが、羽林（王直属の軍隊）を動員しての捜索によって、何と本物の毒物が西苑第の父の房から見つかったのだ。それが父に罪を着せる工作であることは明らかだったが、父母は進退窮まり、自ら毒を飲んで果てた。白海国では、王に対する叛逆の罪は、罪を犯した本人だけではなく、その直系男子すべてに及ぶのが国法だからだ。勅による正式の逮捕と処罰が行われることになっては、十中八九、嫡子である西苑も死を命じられる。父母はそれだけは避けようと、捕縛される前に命を断つ道を選んだのだった。

すべては檀家の企みだった。西苑の一族は、傍流王族の中では宗室にもっとも近い血を持つが、檀家とは姻戚関係にない。もしもその血統に王位の継承が移れば、現在、王家の外戚として権力を振るっている檀家は、政界の中央から一歩後退することになる。檀家総帥・檀文集は、それを避けるために西苑第家の族滅を謀ったに違いなかった。

皆がこの悲劇の真相を知っていた。それなのに、誰も彼らを処罰することができなかった。そして檀家のやつばらは、のうのうと西苑第で行われた葬儀に顔を出したのだ。

——殺してやる……！

西苑は葬儀に現われた檀文集の顔を見て、発作的にそう思った。そうして刀を持ち出すために房に駆け戻ったところを、後を追ってきた鉄嶺に止められたのだ。

鉄嶺は苦渋の顔でため息をつく。そして、呟いた。

——そなたの気持ちはわからぬではない、だが、政の世界のことは、そう簡単には……。

——わからぬではない……？

鉄嶺のその言葉に、西苑はひくりと頬を引きつらせながら顔を上げた。

——わからぬではない……？　鉄嶺殿は、わたくしの気持ちがわかると言われるのか？　かつてこの体を凌辱され、ようやくその苦しみと無念から解放されたと思った矢先、今度は父と母を謀略にかけられ、無残に奪われたわたくしの気持ちを、本当に、すべて残らず、わかると仰せか？　……よくもそんな、心にもないことを！

西苑の悪罵に、鉄嶺は困惑の表情を見せた。

——阿魚、わたしはただ、そなたの命を守った父母の心を思いやれと言っているだけだ。無理に謀略だの権力争いだのに加わることはない。そなたにそのようなことは似合わぬ。そなたの叔父上のように、そのようなこととは一切縁を切って生きる道もある。もしそなたがそうするなら、わたしも共に王都を捨て、山中にでも隠れ住んで……。

——もういい！　口から出まかせの慰めなど、欲しくはない！

西苑は手振りで、従兄に房から出ていけと示した。

——貴兄は、いつもそうだ！　わたしが悩み、苦しみ、悔しさにのたうち回っているのを見ながら、いつも口先ひとつでどうにか慰めればよいと腹の中で考えている！　わたしを慰めて、どうにか宥めて事を収めることしか考えて下さらぬ！　わたしがして欲しいのは、そんなことではないのに！

——……！

——貴兄は卑怯（ひきょう）だ……！　いつまでも綺麗でい続けたいがために、世の歪（ゆが）みや、わたしの中の穢れや憎しみと、まともに向き合って下さらぬ……！

西苑はついに、自分でも気づかないうちに胸に溜めてきた、恋人への不満をぶちまけてしまった。

表だって諍（いさか）いの種になったことはなかったが、西苑はこの事件の少し前から、鉄嶺の物やわらかさに違和感を感じ始めていたのだった。幼い頃から魅了され、また慰められてもきたこの貴公子のやさしさは表面的なものでしかなく、本当は優柔不断な事なかれ主義にすぎなかったのではないか。この恋人は、自分を慕う西苑のいじらしさを愛（め）でているだけで、その中に渦（うず）巻く苛烈な憎悪や腹黒さ、復讐心、そして淫蕩さと、本当の意味で連れ添ってくれてはいないのではないか——と。

——知っているのだ、鉄嶺殿。わたしは、知っているのだ……！　貴兄に、檀家の姫との縁談が持ち上がっていることを……。

——阿魚、それは……。

——お断りされたのか？　檀家から妻を娶（めと）る気はないと、きっぱりと言われたのか？

——い、いや……。恩義ある人から持ち込まれた話ゆえ、そう無下（むげ）には……。それに一族の者たちが、乗り気になってしまって……。

しどろもどろに言い訳する鉄嶺に、西苑は深い失望を感じた。おそらくそうなるだろうと思ってはいたが――やさしいが強くはないこの恋人は、やはりあくまで縁談を突っぱねてはくれなかったのだ。

――わかっている。あなたが自ら望んだ縁組ではないことも、あなたが立場上、それを拒めないことも……。

鉄嶺を見ずに呟いたのは、西苑の言葉にほっとする顔を見たくなかったからだ。

――わかっているから、もう、いい……。檀家との縁組を横から阻止(そし)するなど、今のわたしに到底できることではない。だがそれならば……すべてをわたしに与えることができないならば、せめてわたしの心の暗い部分に……復讐心や憎しみに、もっと寄り添って欲しかった……。わたしがあなたに言いたかったのは、それ、だけだ……。

遠くから、しめやかな葬儀の物音が響いている。誰かが儀礼的に哭泣(こっきゅう)している声、侍女や従僕たちが、不安と嘆きを押し殺しつつ、弔問(ちょうもん)客をもてなすために立ち働く気配――。

鉄嶺と西苑は、長くふたりきりで向かい合っていた。だが西苑は、その一度も恋人の顔を見なかった。

鉄嶺はいかにも困惑したため息を残し、部屋を出ていった。今日はもう何を話しても駄目だろう、しばらく冷却期間を置こう――。そんな腹の中が、透けて見えるようなため息だ。

それを聞いた瞬間、西苑は思った。

終わったのだ——と。

自分たちの蜜月は、終わってしまったのだ。鉄嶺に縁談が来たからではなく、彼への不信からでもなく、父母の無残な死と、それをもたらした檀家への怨みと復讐心が、この心の中で、鉄嶺への慕わしさや想いよりも大きくなってしまったのだ。

決して、嫌いになったわけではない。

ただ、生き方が違ってしまったのだ。

暗い謀略の道を血みどろになっても共に歩む。それを期待できる人ではないのだと、はっきりとわかってしまったからだ——。

西苑は爪が掌に食い込むほどに、両手を握りしめた。


鉄嶺が檀家から妻を娶ることになり、さらには自らの妹のひとりを檀家の男の妾に差し出したと知ったのは、それからまた三月ほど後のことだったろうか。

妻のことは覚悟していた西苑も、この知らせにはしたたか打ちのめされた。

——妾……だと……？　それも、妹姫たちの中でも、一番可愛がっておられた珠姫を——？

しかるべき家から妻を娶り、より強力な姻戚関係を結ぶのは貴顕の男子の義務だ。それを果たそうとする鉄嶺を責める権利は、西苑にはない。

しかし身内の女性を正妻ならばともかく、妾として差し出したとなると、これは「あなたがたの下につきます」と降伏を宣言したに等しい事態だ。それも、傍流とはいえ王族と血縁関係がある名門が——。

檀家の権勢の前に、鉄嶺は膝を屈したのだ。西苑が、檀家に対して強い復讐心を抱いていることを知りながら、檀家の側につくことを鮮明にしたのだ——。

——鉄嶺殿……！

西苑——その頃には亡父から正式にこの名を継いでいた——は、父母の喪中を理由に、従兄の婚儀には出席しなかった。

……「婚儀には」だ。

その日、西苑は人々が婚礼の宴に気を取られている隙に、庶人の物売りを装って干家の屋敷に忍び込み、勝手知ったる従兄の房に向かった。

そして、婚礼後の初夜の準備が怠りなく整った枕元の、鉄嶺がいつも愛用している陶器の水差しの中へ、漆黒の羽を一枚、沈み込ませた。

それは父母の命を断つことになった、鴆と呼ばれる毒鳥の羽だった——。

鉄嶺は婚儀から三日の後に死んだ。

西苑が夜の乱行にのめり込み始めたのは、この後のことだ。

最初はそれなりの血筋の貴顕の男たちだったが、父母の喪が明け、行動の自由を得られるようになると、名もなき下郎や夜の街で出会った行きずりの男たちに体を与えるようになった。身元を隠すために、男娼のように着飾り、化粧をすることも覚えた。着飾り化けることに慣れると、これがまた結構楽しかった。礼節も知らず、無法の世界で生きる男たちは皆、乱暴で貪欲で最低で……西苑を存分に痛めつけてくれた。男娼の姿で痛めつけられている間は、何も考えずに済んだ。自分が鉄嶺を殺してしまったのだという苦い現実を、思い出さずに済んだ。体が苦しめられれば苦しめられるほど、心が楽になれた。

散々に弄ばれた翌朝には、「あれは仕方がなかったのだ」と考えることもできた。

檀家と対決する。どんな手を使ってでも檀家を潰す。そう心に決めた以上、鉄嶺を檀家に渡すわけにはいかなかったのだ。

あれは、あれはだから、仕方がなかったのだ。自分はもう、檀家を倒すために生きるのだと、そのためならば何でもすると、決めたのだから。

だから、仕方がなかったのだ——。

——仕方がなかったのだ。

西苑はがらがらと車輪を回転させる馬車の中で、うつらうつらと居眠り半分、そう考えた。

馬車の向かう先は、干家の屋敷だ。そこで今日、二年前に不慮の死を遂げた干鉄嶺の周忌法要が営まれる。

弔事には不似合いなほど気持ちの良い、冬の晴天だった。常に寝不足気味の西苑は、弔いの装束を身に着けたまま、つい半睡してしまったのだ。

その額の上に、囁きかけてくる面影がある。

(……本当にそうか?)

それは、自分自身だった。夜の街を彷徨う、男娼の化粧をした時の——。

(お前はただ単に、自分を裏切り妻を娶る情夫が許せなかっただけではないか?)

目の前に浮かぶ幻が、紅い唇でにたりと笑いかけてくる。それに対し、西苑は反論した。

——違う。わたしがあんなことをしたのは、私怨からではない。鉄嶺殿は王族の身内のひとり。そのお方が我らを見限り、檀家の一党に加わるなど、王家の安寧のためには絶対に阻止しなくてはならなかったのだ……！

（嘘をつけ）

男娼が、哄笑した。

（そんなものは口実だ。そんな高尚な理由などなかった。お前はただ、捨てられた怨みつらみを晴らしたかった。それだけだ――）

「うるさいっ！」

思わず虚空を怒鳴り上げてから、西苑はハッと口元を塞いだ。馬車を操る御者が、台の上でぎょっとしたらしいことが、気配で伝わってくる。

――いけない……。そろそろ、屋敷に着く……。

西苑は息を整え、姿勢を正した。

「お、これは」

干家の屋敷に足を踏み入れるや、さっそく西苑に目を付けてきたのは、檀子魁だった。総帥・檀文集の嫡長子である。

「これはこれは西苑殿。よもやおいでなされるとは」

父と似た締まりのない体型の子魁は、弔事の場だというのに満面の笑みを浮かべ、馴れ馴れしく西苑の肩に手を触れてきた。いつもながら、場の礼節というものを心得ない男だ。

その声を聞いて、多くの人々でザワついていた斎場が、ぴたり……と水を打ったように鎮まる。

——あれは、王族の西苑第さまではないか。お珍しい……。

——ほう、我も久方ぶりに拝見いたすが、相変わらず妖しいまでのお美しさじゃな……。

——長年、王族でありながら宮廷でこれといった役職も与えられず、冷や飯を食わされておいでであったが……昨今の陛下と太子殿下の御容態では、いよいよ政の表舞台に出られる日も近いやもしれぬ……。

ひそひそと噂する声が聞こえる。これまであまり社交の場に出てこなかった西苑の姿が、機を見るに敏な宮廷人たちを刺激したのだろう。

(いよいよ一波乱あるか……？　というところだろうな)

腹の中で考えつつ、慇懃に子魁の手を払う。

「亡き鉄嶺殿はわたくしにとっても大切な族兄でいらした。なれど二年前の葬儀には父母の喪中にて参列叶わず、心残りでございましたゆえ」

手を払われた子魁は面憎さにこめかみを引きつらせつつ、首を縦に振った。

「うむうむ、お気持ちはようわかりまするぞ。我らもあの優れたお方を一族にお迎えできることを、どれほど嬉しく楽しみに思うておったか。それを――」

「なぜその男が来ているの！」

人々の頭上に、金切り声が響き渡った。女の声だ。

一声に視線が集まったその先に、白一色の喪服を着た若い娘の顔があった。年齢はまだ「娘」と言って差し支えないが、装いは未亡人のそれだ。

その若い未亡人が、尖った指先を西苑に突きつけてくる。

「汚らわしい！　何をしに来たのじゃ！　お前などに霊前に額づかれたくありませぬ！　今すぐお帰りなさい！　この家から、出ていって！」

――誰ぞ？

――亡き鉄嶺殿の奥方じゃ。

――ああ、哀れにも婚礼後三日で後家になってしまわれた、檀家の姫か……。

西苑は息を呑みかけ、慌てて人に気取られないよう、何食わぬ顔を作った。

（鉄嶺殿の妻――これが……）

その顔を直に見るのは初めてだ。想像していた以上に年若く、しかも美人だった。しかし表情が明らかに尋常ではない。目が落ちくぼんで瞼の周りがどす黒く、対照的に頬は血色が失せて紙のように白い。

「馬鹿者、王族の方に何という口のきき方をするのだ……！」

子魁が女に寄りつつ、声を低めて叱りつける。困惑顔の侍女たちが奥からぞろぞろと数人駆けつけ、「ささ、奥様」と若い未亡人の腕をさりげなく引いた。

「離して！　子魁兄様もそこをお退きになって！　この汚らわしい男こそが我が夫を殺めた張本人だとおっしゃったのは、兄様がたではございませんか！」

ざわ……！　と声が高まる。子魁がちっと舌を打つ気配が、西苑にははっきりと伝わってきた。

「何を言うのだ、このような場で世迷言を――！　さあ、女子は奥に引っ込んでおれ。慎ましくあるべき未亡人が、来客の前に出てはならぬ」

「嫌です！　嫌です離して！　たとえ法要の間だけでも、我が夫の仇と同じ屋根の下にいることなど、我慢できませぬ！　早く、早くそ奴を追い出して！」

鉄嶺の妻は、両袖を無茶苦茶に振り回して侍女たちを払い退けた。地味な形ではあれ、豊かに結い上げていた髪も崩れて乱れ、まるで狂女のようなありさまだ。

「追い出せぬというならば、誰ぞそ奴をたたき斬って！　どうか夫の仇を取って！」

バシッ、と音がした。苛立った子魁が「いいかげんにせぬか！」と大喝し、女を打ち据えたのだ。西苑すら一瞬、ぎょっとしたほどに容赦のない打ち方に、女の異様にやせ細った体が倒れる。

来客たちが「おうっ」と驚きと同情の呻きを漏らし、次に気まずげに静まり返った。その空気に、侍女たちがおろおろしつつ女主人を取り囲む。

「お、奥方さま、奥方さまどうかお鎮まりを」

「子魁さまの申される通りにございまする。未亡人は他家の殿方の前に出られてはなりませぬ。さ、さ、どうか奥へ……」

「離せ！　離しやれ！　離せぇぇぇ！」

打たれたことでさらに錯乱(さくらん)した女が、そんな侍女たちの手を再び振り切った。長い黒髪がざんばらに解け、振り乱される。

飛び掛かられた西苑は、とっさに一歩身を退くのがやっとだった。それでも女の爪に顔を引っ掻かれるのはどうにか避けられ、刹那ほっとする。その瞬間、腰に佩(は)いた儀礼用の剣を奪われた。

狂女の手に握られた抜き身の刃が、ぎらりと光る。

わっと湧き起こる喧騒の中で、西苑は立ち竦んだ。度胸はあるほうだと自負していたが、女のあまりの狂態に、恐怖に呑まれてしまったのだ。そんな西苑に、再び乱れ髪の女が飛び掛かってくる。

絹を裂くような女の叫び。目に大写しになる、怒りに狂った顔……。

ただ目を瞠っていた西苑の前に、誰かの体が飛び込んでくる――。

がしゃん、と何かが落ちて壊れる音。

「…………っ、と」

ふぅ、と息をついたその男は、刃先が西苑の顔面ぎりぎりに止まる距離で、刃物を握った女の手首を制止していた。

「そこまでだ」

そしてそのまま、長身を生かして女を吊り上げてしまう。

「き、季郎！」

子魁が声を上げる。ひたすらに驚いている声だ。

それはおそらく、常に髪も結わず、礼節知らずの無頼の徒を決め込んでいる末弟が、きちんとした喪の身なりを整えていたからだろう。

ううっ、と呻いた女の手から、からん、と刃物が落ちた。それを沓裏で踏み伏せて、季郎が「危ない危ない」と呟く。

「おい、そこの女ども。奥方さまは亡き夫君を思い出され、お悲しみのあまりご乱心だ。奥へお連れして、何か温かいものを召し上がっていただけ」

「……は、はいっ」

季郎の言葉に、救われたように女たちが動き始める。新たな人手も加わり、若い未亡人は人垣に取り囲まれるようにして引かれていった。その場に、ほっと安堵の空気が満ちる。

だが連れ去られ際（ぎわ）、未亡人の口が「邪魔立てしおって！」と罵声を放った。

「季郎！　この卑し女の子が！」

部屋が再び凍りつき、西苑はあまりにもあからさまな侮蔑の響きにびくりと震える。そして、ふと目をやった季郎の顔に、思いもかけず深刻なものを見つけて、また驚いた。

石に刻んだかのように硬いその顔を、凝視する。

——卑し女の子。

（あれは、この男のことか——）

そういえばこの男は先日、色街の妓女が生母だと言っていた。そのためか、生家ではあまり——まったく——かえりみられないまま育てられた、と。

しかしこうして正式の装束を整えていると、卑し女の子どころか、どこぞの国の王を名乗っても疑われないほどの気品だ。上背があり、しかも鍛えられた体つきをしているために、誰よりも見栄えがする。

西苑の視線を感じたのか、季郎がふとこちらを見た。目が合い、一瞬、にっ、と笑われる。

——あんた、また俺に借りができたな。

うっ、と詰まったように顎を引く西苑に、季郎は一転して慇懃な仕草で一礼した。

「西苑第さま。一族の者が、まことにご無礼をいたしました」

優美で貴族的な物腰だ。この落差——西苑をからかっているとしか思えない。

「どうかお許し下さいませ。あの者は……檀氏は、婚礼早々に未亡人となり、若い身空で尼僧同然の隠棲を強いられて鬱屈しておるのでございまする」

「……」

白海国の上流階級では、夫を亡くした妻は外出もままならず、極端に自由を制限された生活を強いられる。彼女は、たった三日間の——そしておそらく、本当には夫婦にならずに終わった結婚生活のために、残りの長い人生を婚家の奥に閉じ込められて生きてゆかねばならないのだ。

しかもそれは、事実上、西苑が強いたものだ。さすがに胸が痛む。

「お詫びにもなりませぬが、ご霊前までわたくしがお供をいたしましょう。不心得者のことはご案じなく、ご存分に故人に礼拝なされて下さいませ」

さあ、と差し出された手に、西苑はまるで引きつけられるように歩き出す。

季郎の手が添えられるその背を、人々の興味津々の視線が追いかけてきた。

「はーっ、やれやれ」

死者の霊前では殊勝に西苑を介添えし、徹底して礼儀正しく振る舞っていた季郎だが、庭に出るなり、両腕を空に突き上げて伸びをした。まるで眠りから覚めた猫のようだ。

「こんな窮屈ななりをしたのは、おふくろの葬式以来だぜ。いやー、参った参った」

心底うんざりしたように言い放ち、呆れたことに、その場で冠（かんむり）を外して髪まで解き始める。あの貴公子然とした姿は、いったい何だったのだ——と頭痛がするような落差だ。

（見惚（みほ）れてしまったのは一生の不覚だったな——）

西苑はつい先ほどの自分を恥じた。とことん人を食った男だと知っていたのに、その凜々しさに思わず目を奪われてしまった。駄目だ、気を緩（ゆる）めないようにしなくては。いくら外見だけなら好みそのものの男でも、こ奴は檀家の——。

「……それほど堅苦しい場が嫌いなら、なぜ来たのだ？」

西苑は冷たい口調を作った。

「一族から参列を強要されたとしても、唯々諾々（いいだくだく）と従うような貴様ではないだろうに」

「あんたに会えるかもしれんと思ってな」

即答されて、ぎょっと立ち竦み、一瞬の後にからかわれたのだと気づく。

「ふ、ふざけるな、この……！」

「ふざけてなどいないさ」

そんなことを言いつつ、振り向いた顔はにやついている。

その顔が西苑に迫ってきた。吐息が耳朶（じだ）にかかるまで距離を詰められ、ぼそ……と囁かれる。

「……あんたの言う『鉄嶺殿』が誰か、遅ればせながらやっと思い出してな」

「……！」

西苑は耳を押さえて飛び退った。ざっ……と土を踏む音が響く。

（――どこまで悟られた……？）

とっさにそう考え、しまった、この男に動揺する様子を見られるのはまずい、と気づいて血の気が引く。そんな西苑の顔を見つめ、男の双眸がすっと眇められる。

「……あんたの愛しい情夫が、檀家の婿だったとはな」

「違う。鉄嶺殿はただの従兄だ……！」

「いや、違わないな。あんたはただの従兄の面影を二年も忘れずにいて、大して似てもいない男と見間違えるほど初心な『いい人』じゃない」

さらりとひどいことを、季郎は口にした。ただ不思議に、口調に嫌悪感はない。むしろ面白がっているような響きがある。

「でも思っていたより情が深いんだな、あんたは。情夫が自分を捨てて妻を娶るのが許せずに、一服盛っちまうとは」

「違う！」

「しかも初夜の直前に殺ったとは、ずいぶんえぐい手口じゃないか。情夫が女を抱いてしまう前に、永久に自分だけのものにしちまったたってわけだ――」

「いいかげんにしろ！　わたしは……！」

　喚きかけた口を、男の手が塞いでくる。鼻先の距離に詰められて、「静かに」と妖しく低い声で囁かれる
「……っ」

　その声の低さ、唇に触れる掌の感触、そして男の目の強い輝きと、意地の悪そうな表情に、思わず声が詰まった。

「責めてるんじゃない。なかなかやるじゃないか、と言っているんだ」

「……っ……？」

「美しいものは、少しくらい毒があるほうが、男心をそそるものさ。鳥も花も――人もな……」

　男の指が、そろりと唇を撫でた。それだけの仕草に、西苑の背筋が震える。

「俺もいつかは、あんたに毒を盛られるくらい深く想われてみたいもんだ」

「何、を……」

　次の瞬間浴びせられたのは、すべてを引き攫う嵐のような、奪い取るような口づけだった。激しく、しかも熱い。僥く抵抗しても、一方的に蹂躙される。脳髄までも掻き回されるような感覚に翻弄され、ようやく「よせ」と弱々しく口にできたのは、季郎の唇が離れた後だった。

「誰かに見られたら……」

この裏庭に人の気配はないが、屋敷内ではまだ来客たちがもてなされている。侍女や従僕の立ち働く足音、客たちの飲食や会話の音などが、そちらから響いてくる。こんなに、他人の気配の近い場所で自分に触れるなど――。

「今さらか」

口づけですでに蕩けかけている西苑の顔を覗き込んで、季郎は笑った。

「なら、こっちに来い」

手を引かれ、建物の陰に引き込まれる。どん、と壁に背を押しつけられる格好で抱きすくめられた。厳重に着込んでいる喪服の下から、昂(たかぶ)りが布を押し上げている感触に、男がすでに事を成す気なのだとわかる。

「たまらんな。忌事(いみごと)の日に喪服で、しかも外でやるなんて」

死後は確実に地獄行きだ――などと呟きながら、不敵にくつくつと胴を揺らして笑う。「おい」と怒って男を押し返そうとした西苑は、だが首筋を小さく啄まれた瞬間、「あ……」と声を上げてしまった。これでは、応じる気があると告げたも同然だ。

「あんたは最高だな。綺麗で、気が強くて、淫らで」

不敵に、そして嬉しげに、季郎が笑う。

「西苑——」

男の舌が、誘惑するように名を呼びながら、首筋を舐め上げる。西苑は自分を呼ぶ声にふっと胸を突かれた。

「……西苑……」

——ああ、違う……。

深い響きに、この男は鉄嶺殿ではないのだ、と改めて思う。なぜなら鉄嶺は西苑を「阿魚」と呼び続け、ついに「西苑」と呼ぶことはなかったからだ。多少面差しが似通っていても、この男は鉄嶺ではない。まったく別の男なのだ。当たり前のそのことが、今やっと腑に落ちた——。

喪服の裾をまくり上げてきた手が、腿の内側を撫でる。

「あ」

触れられて、頤が上がる。

いつしか西苑は、男の首に両腕を回し、そこに縋りついていた。

己れのすべてを預ける仕草で——。

立った姿勢で抱かれるのは、初めてではなかった。というより裏町で男を漁っていた時は、横たわって抱かれることのほうが稀だった。

季郎は腰で突き上げながら、「いいな」と感嘆する。淫乱ぶりを非難するのではなく、素直に「やりやすい」と喜び褒める口調だ。

「しっかり、奥まではめてくれているな。いい感じだ。根本までみっしり、あんたの熱さを感じられる……」

「う……る、さいっ、さっさと済ませ、ろ……っ……」

腹の奥まで犯されながら、掠れた声で罵倒する。早く終わらせてくれなければ、誰かに見られてしまう。だが季郎はそんな西苑をも面白がるかのように、歯を見せて笑う。

「早く終わって欲しいのか？　本当に？　もっと愉しませて欲しいんじゃないのか？」

「――――ッ…………！」

「俺はできれば、いつまででもこうしていたいがな」

不敵に笑った季郎の口元が、汗を浮かべた西苑の喉元にしゃぶりついてくる。濃い男の体臭が匂うのは、季郎もまた、汗をかいて上気しているからだ。

「あんたと、こうして、ずっと繋がって――おかしくなるくらい感じさせて、その可愛くない口が、どんどん気持ちよさそうに喘ぐようになるのを、ずっと聞いていたい……」

「あ、あ……」

揺さぶられて、額から汗の玉が滴り落ちる。沓の爪先は、地面から離れて空に浮いたままだ。背を壁に預けてはいるが、身じろぐたびに自分の全重が男と繋がる一点にかかり、苦しくてたまらない。

それなのに西苑はすでに二度も精を放っていた。その後も小さく、間欠的に絶頂が襲ってくる。思いきり嬌声を放ちたい誘惑を、人に見られる怯えでかろうじて抑え込む。それなのに、中の季郎は硬くなるばかりで、なかなか射精しようとしない。

「も……無理、無理だ、季郎――……！」

ついに西苑は男の肩にしがみついたまま懇願した。このままでは完全に理性を失い、屋敷中に響き渡るような叫びを上げてしまう――。

「お、お願い、だ……もう、おわら、せてっ……！」

すると季郎は、息を荒げつつ、くすっと笑った。

「そんなかわいい声でおねだりしちゃ、逆効果だぞ。もっと無茶苦茶に苛めてやりたくなるな」

「――いやだっ……！」

ぶるぶる、と首を左右に振る。冗談ではない。これ以上おかしくされたら、もう――！

「たの、むっ……から……っ」

西苑は咽び泣きながら男の肩を揺さぶった。なりふり構う余裕もない。

「こんな……もし、見られ、たら……っ……」

見られたら、身の破滅だ。そう怯える西苑に、季郎は告げた。

「そうなったら――責任は取るさ」

不思議にやさしい声。まるで夢を語るような――。

「責任、など、貴様に取れるものか……！」

「できるさ。あんたを連れて、どこかへ逃げりゃいい。当分、あの色街の隠れ家で暮らすのも粋で楽しいぞ……？」

だが西苑はその言葉の真意も察しないうちに、顔色を変えて拒絶した。

「だめだ……！」

わたしはじきに王となる身だ。いや、そうならなければならないのだ。

無念に命を終えた父母のためにも。

命を奪ってしまった鉄嶺殿のためにも――。

それなのに――どうしてわたしは、この男とこんなことをしている……？　もっとも避けなくてはならない破滅の淵に近づいているのがわかるのに、どうして――？

怯えたように震えながら、一方で男を吸い取り、貪ろうとする西苑の体の懊悩を感じたのだろう。

季郎は「ほう……？」と不思議なことを発見したように首を傾げ、そのまま、西苑の頬に唇を当ててくる。

「わかった、終わらせてやるから――」

季郎の手が、西苑の後頭部に回り、自身の肩にその顔を抱き寄せる。

「きついのが来るぞ。声を上げたくないなら、しっかり嚙んでろよ」

男の予告に、ぶるっと震える。怯えと期待がないまぜになった気持ちのまま、西苑は男の指図に従った。

「う、ううっ……！」

世界のすべてが揺れているようだった。季郎は西苑を力強く支えながら、硬く漲るもので残酷に翻弄した。まるで西苑の性癖を知り尽くしているかのような抱き方だった。

男にひどく扱われれば扱われるほど、西苑は燃える。だが一方で、力強い相手に守られ、やさしくされる幸福を求めていないわけではない。

西苑は、ふと危機感を覚えた。この男は自分にあまりにぴたりと当てはまりすぎる。深い矛盾を抱えた西苑の欠落や性質の悪さを、あまりに完璧に補いすぎる。このままではいずれ、自分はこの男に「気に入り」以上の気持ちを持ってしまうかもしれない。危険だ。だって、この男は――。

あまりに混沌とした感情が一度に湧き上がり、西苑はわけもわからないまま男の肩を強く嚙みしめた。季郎は「いいな、たまらない」と呟きながら、西苑を突き上げる速度を上げる。

「――ッ……！」

最後の瞬間は、ふたりとも無言だった。西苑は両腕で季郎にしがみつき、季郎もまた西苑を抱き上げた姿勢で、ひとつに番(つが)ったまま瘧(おこり)のように震えて果てた。

はぁ、はぁ……と、荒い吐息が重なる。

季郎がゆっくりと身を屈める。そろり、と物やわらかに沓裏が地面につき、西苑は男の手に助けられながら、草むらの上にへたり込んだ。

とろとろと、男の放ったものが腰の奥から流れ出る。嫌いな感触ではないが、今は困惑のほうが大きい。

そんな西苑の眼前に、季郎が手巾(しゅきん)を差し出してきた。あれだけ腰を使いながら、頽(くず)れる気配もない。呆れるほど頑強な男だ。

手巾を受け取ろうと手を伸ばして、ふと西苑は鉄錆(てつさび)のような味に気づいた。目をやると、季郎の右肩に紅い色が滲んでいる。「貴様——」と口走り、大丈夫か、と問おうとした瞬間、ざりざりと庭砂利を踏む音が近づいてきた。

無言のまま、さっ、と季郎が西苑を背に庇う。思わず男の背を見上げたその時、耳に沁(し)みついて離れない男の声が響いた。

「西苑第の公子が婿殿を殺したか否(いな)かなど、今さらどうでもよいことよ」

檀家総帥・檀文集だった。西苑の体に、ぶる……と嫌悪の震えが走る。

「……まあ、我らが手駒になるべき者がひとり減ったは、確かに痛手であったが、いつまでも獲れなかった狸の皮算用をいたしたところで、甲斐などないことぞ」

「しかし父上、あの時鉄嶺殿殺しで西苑第を告発いたさなかったは、やはり少々手落ちだったのでは？」

問うのは、次子の子雷の声だ。

「このまま王と太子が共に身罷るようなことになれば、あの公子に玉座が回ることになる。そうなれば、公子から二重に怨みを買っている我が檀家は――」

「今さらごちゃごちゃ言うな、子雷」

野太い声は長子の子魁だった。

「第一、あの時鉄嶺殿の命を奪った水差しの毒羽は、そもそも我らが先代の西苑第とその一族を陥れるために南方から入手したもの。鉄嶺殿は一服盛られて殺されたのじゃと騒ぎ立てれば、毒の入手先を探られ、我らにとって藪蛇になりかねぬ。それこそ当代の西苑第の思う壺であろう――。あの時そう申したは、貴様ではないか」

「そうでありましたかな」

苛立たしげな長兄に対して、次子はしらりととぼける。直情径行の長子よりは、次子のほうが多少頭が回る。この兄弟は、幼い頃からそうだ。

（あの時――わたしを穢した時も、まず兄のほうがわたしに絡んで、次子はそんなわたしを助けて労るフリで、父親の前に連れていって……！）

かたかたと体が揺れる。そんな西苑を、ちらりと季郎が見下ろしてきた。

「――まあ、子雷の言う通り、少々しくじったは事実じゃな」

文集の太い声が、息子たちの諍いを制止する。

「わしも王家を意のままにせんと、長いことあれこれと手を打ったが、西苑第一族の件以降はすべて裏目に出るばかりじゃ……やはり細々とした宮廷工作は、本来武人である檀家の性には合わぬのかもしれぬ。だがそれも、此度のことが成就いたさば、ひと息にひっくり返せよう」

「そのことですが、父上」

子雷が声を低める。

「此度のこと、季郎めにはどのように？」

「あ奴は数の内に入れぬ」

今度は、ぴくり……と季郎の体が揺れるのがわかった。西苑は、季郎の顔を見上げげた。表情が消えている。

「しかし父上、あ奴は今や、ただの無頼の徒ではない。この王都の、下々の者どもに絶大な人気がある義俠の頭目ぞ。一朝事あった暁に、あ奴に何の話も通っておらぬでは、支障があるのでは……？」

「子雷、我らがこれからやろうとしておるのは、宮廷と王都だけを覆(くつがえ)そうなどという小さなことではない。奴に手下が何千おろうと、俠賊などの立ち入る幕はないわ」

「ですが——」

次子が父に反論しようとしたその時、長子・子魁が不意に「誰ぞ！」と叫んだ。

「誰ぞ、そこにおるのは！」

砂利を踏んで近づいてくる足音に、西苑は息を吞み、逃げなくては、と腰を浮かせる。その肩を、季郎がそっと押さえて止めた。そして、ここでじっとしていろよ、と言い聞かせるように、とんとんと叩いた後に、ふらりと建物の陰から出ていく。

あ、と思った瞬間、季郎は長閑(のどか)な声を発した。

「おやおや、このような耳目の多い場所で、何やら物騒なお話でございまするなぁ。父上、兄上」

「季郎……！」

「な、何だ貴様、そのなりは……！」

季郎が指差されたのは、無論、髪をさばいて喪服を着崩した姿だろう。上背のある見栄えのいい顔の男なだけに、胸板をさらした姿は、さぞやあだに見えるに違いない——。

「そ、その肩の嚙み傷……貴様まさかこの場で女子(おなご)と戯(たわむ)れておったのか……！」

子魁が、柄にもなく舌先をもつれさせて叫ぶ。来客がその家の侍女に手を出す、というのはめでたい宴席で酒が回った後にはままあることだが、忌事の場ではさすがに不謹慎に過ぎる。だが季郎は悪びれる様子もない。

「野暮を申されるな。この美しき庭で麗しの花を愉しまぬは人の世の逸楽を知らぬことにござりましょう。ことによき蜜を垂らす花を見て、若き男子たるものこれを摘まずにおれましょうや」

物陰で立て板に水の口上を聞きながら、西苑は呆れ返ってしまった。この男は全身肝っ玉なのだろうか。よくもまあ、この緊迫した場面で、とっさにここまでいけしゃあしゃあと、嘘八百を並べられるものだ——。

「っ、き、貴様という奴は！　この恥さらしめが！」

「他家の忌事の場でその家の女子と通じるとは、無頼にもほどがあろうぞ！」

長兄と次兄からの怒声に、季郎は大胆にもふふんと鼻を鳴らした。

「忌事の場で不謹慎——と申されるならば、兄上らとて」

「何……？」

「一朝事あった暁……とは、また何の企みでございますかな」

檀家の親子三人が、ぐ、と詰まる気配があった。聞かれていたか——と内心で舌を打つ音が聞こえてきそうだ。

「やめておけ、兄上」

じゃり、と砂利を踏む音が、調子の変わった鋭い声に牽制(けんせい)される。

「兄上の腕では、たとえ俺が丸腰で兄上が帯剣であろうと、勝負になどならん。痛い目を見て、しかも忌事の場で騒ぎを起こした乱暴者め——と、またぞろ世間に恥をかくだけだぞ」

「……く」

「父上も」

季郎の足元の砂利が鳴ったのは、父に向き直ったからだろう。

「俺を物の数に入れぬと言うなら、俺と『俠鬼』にも災い及ばぬようにしていただかねば困る。もし俺の仲間があなたがたの謀略(はかりごと)の巻き添えにでもなれば、その時は——」

「増長いたすな、小僧！」

文集が大喝した。隠れている西苑ですら思わず耳を覆ったほどの大声だ。

「たかだか無頼の徒を千や二千従えておるからと言うて、一端(いっぱし)の権勢家を気取るでないわ！　この卑し女(め)の子が！」

「……ッ」

「忘れるでないわ！　貴様がどれほど色街で顔役を気取ろうと、そのような力は国権を握る檀家の権勢の前では塵芥(ちりあくた)のようなもの！　わしの機嫌を損ねれば、貴様とその手下どもなど、即日首討たれる程度のものだということ、よう心得ておけ！」

季郎が、珍しく黙り込む。そんな末弟の姿を、長兄と次兄がふんと嘲弄(ちょうろう)した。そして「ゆくぞ、子魁、子雷」という声と共に、三人分の袖がばさりと翻り、砂利を踏む足音が遠ざかってゆく——。

ふう、と季郎がため息をついた。「もういいぞ」と促されて、西苑はそろりと立ち上がって顔を覗かせる。

「怖かったか？」

そして子供のように労られて、西苑はむっと眉を寄せた。

「誰が……！」

「意地を張るな。俺もあの親父に減らず口を叩けるようになるまで、二十年はかかった」

にやっと自嘲してそう告げ、だが季郎は一転、真剣な表情を浮かべる。

「——親父たちが、あんたの両親を罠(わな)にはめたのだな。鴆毒を、あんたの家に置いて、あたかも王を弑(しい)し奉(たてまつ)らんとしたかのように仕組んで……」

痛ましげな声。そしてまなざし。

「あんたの親は……その毒を呷って死んだのか——」

西苑は思わず、男の顔から目を逸らした。この男に憐憫(れんびん)をかけられたり、下らない罪悪感を抱かれたりするのは御免だった。だが男はさらに追及してくる。父母の死とは別の、西苑にとってはさらに触れられたくない出来事に。

「……で、あんたはその毒をひそかに隠し持っていて、檀家の一党になろうとした恋人を毒殺したのか。自分を捨てたことへの復讐……いや、親父たちへの宣戦布告のために――……」

西苑は横を向き、答えなかった。だが明確に否定しなかったことで、季郎には伝わっただろう。

「そうか――」

季郎が呟く。このふざけた男にしては、思いもかけぬほど深刻な声だ。

「そうだったのか……」

季郎が両手を拳に握っている。

西苑は驚いた。

西苑が抱えている檀家への怨念と憎しみに、この男の心が同調し、震えている。

(あれか)

――卑し女の子。

あの言葉が、この図々しい男の心を揺り動かしたのか。

再び投げかけられたあの罵倒は、季郎にとってもっとも肉親への憎悪を掻きたてるものなのだ。今はすでに亡い母のことを罵られるのは、自分の言動を非難されるよりも耐え難いのに違いない――。

(ましてその卑し女に子を産ませた当の父から罵られるなど、どれほど理不尽に感じていることか――)

西苑がわずかながら、季郎への同情めいたものを抱いた。その瞬間、不意に男は、はーっ……と深く息を吐き、垂らした髪を掻き回した。

その仕草で、季郎は暗い気持ちを切り替えたようだ。やめたやめた。陰鬱な憎しみに捕らわれるのは、性に合わない、とばかりに。

「親父どもめ――」

そしていつものにやついた声で呟いた。

「またぞろ、何か悪辣なことを企んでいるようだな」

その言葉に、西苑はハッと息を呑む。

(そうだ、惚けている場合ではない。あの会話からして、檀家の連中は、また何か我ら王族に対して、大きな政争を仕掛けてくるつもりだ――)

気を引き締め、乱れていた襟元を正し、裾を直す。そして立ち上がった時、

「俺が探ってやろうか？」

不意に、季郎が言った。西苑は思わず、男の顔を見た。

「何だって――？」

「見た通り、俺は家族と険悪ではあるが、檀家の屋敷への出入りまでは禁止されていない。というより、屋敷が広大すぎて親父といえどもすべての出入りを監視することなどできないのさ。その気にな

れば、親父どもの企みなどすぐに探り出せる――手懐けている女も二、三人いるしな」

「……！」

西苑は反射的に眉を顰めた。

「いらぬわ。貴様の助けなど――……！」

「だから、意地を張るなって」

機嫌を損ねた西苑を、季郎は可笑しそうな声で宥めてくる。

「もし親父の企みが、この白海国の安寧を乱すようなことだったらどうする？　利用できるものは利用する、と割り切らなくては、国を守るなど、到底できるものではないぞ」

「貴様もその檀家の一員ではないか！」

西苑は容赦ない口調で一喝した。

「貴様とて、所詮檀家の血族ではないか。最後の最後で、実家の権勢にすり寄らぬ保証などどこにある。あの鉄嶺殿とて、結局はわたしを捨てて檀家に近づくことを選んだ。権勢とは、そういうものなのだ。その前では人の情など、塵芥のように捨てられる――……。まして貴様は檀家の一員。信用などできるわけがなかろうが！」

「ッ」

季郎は表情を凍らせて絶句した。西苑の言葉に、負い目を突かれたように。

「そう、だな……」

そして深い落胆を隠すように苦笑する。

「あんたの言う通りだ。どんなに無頼を気取ろうと、俺は所詮、檀家の一員。どれほど我が力で徒党を組み、抵抗しようと、親父たちの権勢の前では、無力なものだな……」

西苑はそんな季郎に目を瞠った。このふざけた男が、これほど深刻に傷つくとは思ってもみなかった。どうせにやついていなされると思っていたのに。どうやら自分は、この男の、もっとも触れてはならない部分に触れてしまったらしい。

（……この男は、檀家の一員であることを恥じている）

そしてどれほど無頼の輩として反抗しようと、家の影から逃れられないことに苦しんでいる――。

「……き……」

季郎、すまなかった。言いすぎた。

そう口走りかけて、西苑は思い止まった。何で自分が、この男の傷ついた様子に、胸を痛めなくてはならないのだ――。

（弱みを握られて、脅迫されている立場なのに……）

西苑は口を噤んだ。そして踵を返し、男から駆けて遠ざかろうとした、その時。

「皆さま！　皆さま、大変じゃ！」

庭を臨む回廊を、ひとりの士大夫が喚きながら駆け過ぎるのが見えた。

西苑は何事かと立ち竦む。背後で、季郎も足を止めている。

「たった今、火急の使者が王宮より参り申した。玉山国が、我が国との国境付近に兵を動かしたそうじゃ！」

並みいる来客たちが、ざわ……！　と騒ぎ始める。「馬鹿な、玉山国と我が白海国は同盟国。互いに同意なく兵を動かすは盟約違反ではないか……」と嘆く声も聞こえる。

——同盟破綻……？　王と太子が共にご病弱で、宮中が混乱しているこの時に……？

西苑は息を呑み、ただ立ち尽くした。そして忙しく思惑を巡らせる。

——これだ。おそらく、これだったたんだ……！

檀家の企みは、きっとこの突然の侵攻と何か連動しているに違いない——。

顔色を蒼褪めさせる西苑の姿を、季郎は斜め後ろから、ただ無言で見つめていた。

◇　◇

「お帰りなさい、大哥」

「お疲れさんでございます。何かお召し上がりになりやすか？」

灯火を手に、手下たちがねぐらへ戻ってきた季郎に一礼しつつ労う。季郎はふわあ、とあくびをし、一日中窮屈な喪の礼装に包んでいた体を存分に伸ばした。

「そうだな……飯も肴もいらんが、適当に寝酒を頼む。さすがに肩が凝った」

「承知いたしやした」

そうして、軽く燗をした酒器が運ばれてくる。「ではこれにて失礼を」とむさくるしい男どもが慇懃に礼をして退室し、季郎は隠し部屋にひとりきりになった。

ゆら……と灯火が揺れる。

肌着一枚の姿で、ひとりで酒盃を呷り、頬杖を突く。

――まして貴様は檀家の一員。信用などできるわけがなかろうが！

ずきりと疼くような、胸の痛み。

きつい表情。尖った声。あれを浴びせられた瞬間は、嚙み切られた肩よりも、心の傷のほうがずっと痛かった。

体は気に入られていても、心からは好かれていないことは知っていた。というよりむしろ、季郎自身がそう仕向けた。秘密をばらされたくなければ――と脅して関係を結んだのだから、怨まれていて当然だ。

（……だがそれは、そうしなければあの艶麗な男をものにできなかったからだ。いくら家族と不仲とはいえ、俺は檀家の一員。西苑たち王族にとっては本来王のものであるべき権力を横領する不忠の臣——。心を許してもらうことなど、期待できる相手ではなかったからな）

だから体だけを欲しがった。誓って、いずれは心も——などと、期待していたつもりはなかった。

（だけどやっぱり、無意識に期待していたんだな俺は……）

西苑が自分を、敵の一族ではなく、ひとりの男と見なしてくれることを。

いつかは敵として憎むのではなく、ひとりの男として愛しんでくれることを、期待していたのだ。心のどこかで——。

（なのにあいつには、今も想い続けている情夫がいた。誰にも渡したくなくて、殺してしまったほど想っていた男が——）

そして、そいつは今も西苑の心の中にいて、破滅の淵の向こうから彼を差し招いているのだ。西苑が次期王位を継承するかもしれないと自覚しつつ、夜半の男漁りをやめられないのは、心を死人に捕らわれているせいだ。死の世界でしか会えない相手を、今も慕い続けているからだ。

「俺は——死神の恋人に横恋慕したわけだ……」

別の誰かを愛している相手に惚れてしまった、自分の馬鹿さ加減に苦笑が漏れる。その顔が酒盃の中に映り、揺蕩った。

「ああ、まったく……」

酒盃を一気に呷り、たん、と置いてから牀に身を投げ出す。深いため息が漏れる。

肩の傷が熱く疼く。あの快感の絶頂で西苑がつけた嚙み傷――。

惚れた相手の心が欲しくならない者など、この世にいない。そんなことすらわかっていなかった自分は、本当に青二才だった。年少の頃からこの色街に入り浸り、いっぱしの遊び人のつもりだったのに……よくよく考えてみれば、本気で誰かに恋をしたのは、これが初めてではないか。

俺はまるっきり子供だったのだ……と悔恨を嚙みしめる。自分の強さを過信して、触れてはならない相手に触れてしまった――。

（それに……）

――貴様とて、所詮檀家の血族ではないか。最後の最後で、実家の権勢にすり寄らぬ保証などどこにある……。

実のところ西苑の言葉は、季郎のもっとも痛いところを突いていた。ずっとひそかに、心の奥底で怯え苦しんできたことを、容赦もなく射抜いてきた――。

（そうだ、どれほど突っ張ろうと、どれほど家名に縋らぬ硬骨漢を気取ろうと、俺は所詮、『檀家の季郎』なのだ。手下どもも妓女たちも、俺が『檀家の御曹司でありながら』義俠の徒などやっているからこそ、ちやほやしてくれるのだから――）

それを思うと、胸が軋るように痛む。もし自分が、名もなき家の子だったら、果たしてどうだっただろう。まったくの徒手空拳で、頭目にまでのし上がれただろうか。自分を慕う手下たちの心根が純粋でないとは言わないが、皆、多少の差はあれ、今を時めく檀家の子息であるからこそ、季郎をありがたがっているところがないとは言えまい——。

「……寂しい、なぁ」

季郎は天蓋を見上げてひとりごちた。不意に自分が、この世に何ひとつよすがのない孤児のように感じられた。もとより家族の愛には恵まれず、色街の者たちからは慕われつつも本当の仲間にはなれず、想う相手には想われず……。

——寂しい。俺はまるで大海を彷徨う孤舟のようだ。あちらへ揺られ、こちらへ揺られ……寄る岸辺すらない……。

その時ふと、瞼に妖艶な影が浮かんだ。極彩色の輝きを乗せた漆黒の毒羽を撒き散らすその姿は、だが凛として誇り高く、常に他者を睥睨してやまない驕慢さを湛えている。本当は幾度も傷つけられ、血を流しているというのに、安易に誰かと傷を舐め合うことをしない、気高い美しさに満ちている。

西苑。檀家の策略によって父母を奪われ、恋人までもその手にかけた、哀れな孤高の毒鳥——。

(不思議だ。あれほど容赦なく突き放されても、情人をあっさりと手にかけたと知っても、俺はあんたを嫌いになれない——)

むしろ愛しさが増している。その孤独と孤高、毒を含んだ危うさを知れば知るほど、西苑は季郎の心の奥深くへ食い込んでくる。驕慢で淫乱で、天稟（てんぴん）の美貌以外は、何ひとつ美点などないような性質の悪い男なのに、今はもう、愛しくてならない――。

――いらぬわ。貴様の助けなど――……!

(西苑、俺は)

季郎は滲む涙を拭った。

(俺はいつか、あんたに思い知らせてやる)

今、心に決めた。この胸の痛みを、いつかきっと西苑に思い知らせてやる。あの驕慢な男が衝撃を受け、心を痛めるような方法で、思い知らせてやる。

それには、よほどの策が必要だ。何か……あの西苑が震撼（しんかん）するような方策が――。

季郎は涙の滲む目を閉じ、考えを巡らせながら、想い人の面影を胸に眠りに落ちた。

じゃぶ……と水の音。

その夜、灯火ひとつの薄闇の中、西苑は房（へや）に湯盥（ゆだらい）を置き、全裸で身を清めていた。

湯を使うのは、好きだった。穢れを洗い落とす感覚も好きだったし、自分の肌や髪が人一倍美しいのを確かめ、自己満足に浸れば、一時のこととはいえ、気鬱が晴れるからだ。それに湯を使っている間は、命じられるまでは誰もこの房には近づいてこない。ひとりで秘密の時間を持つには、絶好の機会だった。

(さてしかし、どうしたものか——)

裸体で湯盥の中に座り込みながら、西苑は考え込む。

何事かが水面下で進行している。檀家が何か、今までにない、国を揺るがすような大きなことを企んでいる。それは確かだった。しかしいくら西苑が宮中で人々から情報を集めようとしても、企みの詳細は漏れてこなかった。皆、檀家の権勢を怖れ、敵視されることに怯えて口を噤んでいるのだ。金を工面して密偵も雇ったが——無駄だった。殺されたのか、それとも、そのまま逃亡したのか——二度と戻ってはこなかった。

湯を含んだ手巾を使い、肌を撫でてゆく。解けた髪から滴がしたたる。灯火が揺れる。

一糸まとわぬ姿の影が、壁に映えて艶めかしい——。

(やはり、檀家に近い誰かと体の関係を持つのが確実か……いやいっそ、檀文集の情人になるのが一番手っ取り早いのだが——)

だがそれは——と西苑は唇を嚙む。檀家軍閥の中核を成す三人、当主の文集とその長子と次子である子魁と子雷。あの三人だけは、どうしても駄目だった。すでに行きずりの男にまで体を与え、あばずれと言っていい身だというのに、あの三人のうちの誰かと寝ることを考えただけで、吐き気がする。

（彼奴らに無体を働かれ、それを檀家の権勢でうやむやにされた怨み――。あれだけは、どうしても忘れられぬ……！）

その昔、宮中の一室で自分が上げた悲鳴。そして「耐えてくれ」と告げる父の顔――。それを思い出すと、自分の頭を無茶苦茶に叩き割りたくなる。鉄嶺の生前は一度癒えていた傷だったが、彼の死によって再び開いた後は、西苑を乱行に駆り立ててやまなかった。

――そういえばここしばらく、男に抱かれていない。

鉄嶺の周忌法要から、しばらくの間は檀家を探ることにばかり気を取られていた。気鬱はそのせいでもあるだろう。面白くもない。そろそろ夜の街に出かけて――と、ひとりの男の顔を思い浮かべたその時。

不意に、がたり……と音がした。扉の音ではない。庭に臨む窓の鳴る音だ。

「な……」

思わず、じゃぶり、と湯を蹴って立ち上がる。そのような場所から家人がやってくるはずもない。さては賊か――と牀の褥の下に隠した刀に飛びつこうとした瞬間、がらりと窓の外戸が開いた。

「よう、元気か？」

現われた若い男の顔が、白い歯を剥いて笑った。西苑は思わず腰が砕け、湯盥の中にばしゃんと座り込んでしまう。

「………貴様か………」

檀季郎だった。こんなふざけた訪問の仕方をする男が、他にいるはずもない。檀家の末子は「まあまあ」などと適当なことを言いながら、窓を乗り越えて房に入ってくる。

そして自分がこじ開けた窓の外戸を、念入りにぴしゃりと閉じた。さして広からぬ房に男とふたりで閉じ込められた形になり、西苑はどくり……と胸が騒ぐのを感じる。季郎はそんな西苑を眺め、「ふうん」と感嘆の声を発し、目を瞠る。

「いいところへ来た。眼福だな」

湯あみ姿とは色っぽい、といかにも好色な声で言われ、西苑は思わずばしゃん、と湯しぶきを投げつけながら、「やめぬか！」と怒鳴った。

「な、何をしに来たのだ……！　仮にも王族の屋敷に、夜半案内も請わず押し入るなど――！」

男は衣服の胸元を濡らされながら、怒った風もなくにやりと笑う。

「あんたを抱きに来たに決まっているだろう」

「な……」

あまりに当たり前のように断言され、呆れ返るあまり、逃げるのが遅れた。二の腕を摑まれ、力任せに引き寄せられて、じゃぶん……と湯が跳ねる。

抱きすくめられ、唇を覆われた。深く奪われて、食い込むように舌を入れられる。

「……！」

瞠った目いっぱいに、男の豊かな垂れ髪が映る。西苑のそれよりも美しいかもしれない、豊かな黒い流れのようなそれと、ふと匂う粋な薫物の香り。

美しい男だ――と、つい今しがたそれを発見したように、西苑は思った。西苑自身の、闇に巣食う妖怪のような美しさとはまた違う、健康で生気にあふれ、性的魅力を越えて男も女も魅了せずにはおかない、涼やかで堂々たる男性美。

そんな男に口づけられて、西苑は思わず瞼が蕩けるように降りるのを感じた。いけない、またださ――。またこの男に気を許してしまう。檀家の男……敵の一族のひとりだとわかっているのに、警戒を解いて体を開いてしまう……。

だが「駄目だ」と思った時には、いつももう遅いのだ。口づけを浴びせられ、その熱さと男の匂いに包まれて、翻弄されてしまう。儚い抵抗を握力ひとつで封じられ、「逆らうなよ」と不敵な声で囁かれれば、もうそれだけで西苑の体からは力が抜けてゆく。

悔しさを込めた目で睨みつけると、季郎はふふっと笑った。

「――あんたは、俺の口に閂をかけなきゃならない身だろう？」

紛うことなき脅迫の言葉だ。それなのにこの男のからかうように笑みを含んだ唇で囁かれると、不思議に蜜に溺れるような甘い気分になってしまう――。

「それなのに何日もさっぱりご無沙汰だから、俺のほうから押しかけてきたのさ」

「債鬼（借金取り）か貴様は――！」

せめてもの怨み言を呟くと、可愛くない口への仕返し、とばかり、性器を握られた。先端を爪で苛められ、「ひ」と声が漏れる。

「や、めろっ……！」

突き放そうとした腕が、無力に震える。

「わ、わたしが今、それどころではないことくらい、わかっているだろう……！」

爪がめり込んでくる痛みに呻きながら反抗する。檀家の者たちが謀議を巡らしている場面を、この男も共に目撃したのだ。西苑が気を張り、警戒し、苛立っているであろうことくらい、察しているはずなのに……。

「わかっているさ」

男の目が、底光りする。

「わかっているが――あんたの頭の中が、政だの陰謀だの、俺以外のことでいっぱいなのかと思うと、辛抱たまらなくなってな」

「え……」

西苑がその言葉に込められたものをまだ悟れないでいるうちに、ぐいっ、とめり込んだ爪が先端をえぐる。

「ああっ……！」

全身が総毛立った。その愛撫だけで、男がかなり容赦のない抱き方をするつもりだということが、伝わってきたからだ。

西苑が求めてやまない、踏みにじられるような、意地の悪い抱き方を——。

「抱かれたくなったか？」

季郎が、くつくつと笑う。

「素直になれば、存分に抱いてやるぞ……？」

灯火が煽られたように、ボゥッと音を立てて揺れた。若い男ふたりの影が絡まり合い、しなやかな腕が首を抱く。

（……もう）

なるようになれ、と西苑は思った。この男と交わりたい。組み敷かれて抱かれ、息も絶え絶えにされたい——という思いしか、頭に浮かばない。

男の首に腕を絡め、欲望のままに口を吸う。

なるようになれ。世の裏で進行しているらしき謀略や、罪を背負った我が身や、この男が父母の仇である一族の一員であることなど――何もかも、今はどうでもいい。

今はただ、この男が欲しい。

吐息が交わる。じゃぶり、と湯の中から抱き上げられ、西苑は夥しく滴を滴らせながら、季郎の腕で牀まで運ばれた。


夜風の音が響いている。

濡れそぼり、緩められた孔に、後ろから再び熱塊を突き立てられて、褥に手を突いた西苑は高い声を放った。

「あッ、うぅっ……!」

ず、っ……と押し拓かれる衝撃と痛みに、びくつき、このまま射精まで耐えさせられるのだろうと、期待と怯えに膝を震わせた瞬間、だが予想外のことが起こった。両手首を摑まれ、背後に回されたのだ。肩の関節がぎりりと痛み、「な、何を……」と、抗議の意思を込めて、後ろから自分を襲っている男を振り返る。

そして思わず目を瞠った。房が油の尽きかけた灯火ひとつで暗いこともあるだろうが――季郎の姿は、半ば闇色の中に沈み、双眸だけが光っていたのだ――ひどく剣呑に。

「何のつもりだ、これは――……」

西苑は男に怯え、だがそれを悟られないよう虚勢を張りながら問うた。

「今夜は特別可愛がってやりたい気分でな」

しゅる……と妖しげな音がして、褥の上を絹紐が這う。西苑自身が湯あみの後に着ようと用意させていた寝衣の帯だ。特別にしなやかで、しかも丈夫な絹でできている。

季郎はそれで、西苑の両手首を縛め始めた。スリを捕まえた捕り方のように慣れた淀みのない手つきだ。きゅっ、と力を込められ、結び目が固く引き締められる。

その食い込む痛みに、西苑は思わず「あっ……」と声を上げた。体の奥で、早くもびくんと疼くものがある。

季郎がそれを察し、うなじの後ろでふっと笑った。

「しばらくご無沙汰だったんだ。どうせなら、あんたもたっぷり濃く楽しみたいだろう?」

「た……楽しみ、たく、など――……」

「嘘つけ」

男の指が手首の縛めの上を、つつ……と辿る。

「あんたの好みはもう知り尽くしている。あんたは抱かれるのが好きなんじゃない。嬲られて苛められるのが好きなんだ――違うか?」

「……ッ……！」

腸の中が、ひくっと捩れる。西苑が否定する間もなく、西苑の肉が「そうだ」と悦びの声を上げたのだ。すでに西苑を貫いている男には、当然、伝わっただろう。

——そうだ、欲しい……わたしは、欲しい。男に嬲られる痛みが、屈辱が……欲しくてたまらぬ……。

季郎は口元に笑みを浮かべた。

「何日も考えた」

男の指が、ここをたっぷり苛めてやる——と予告するかのように、すでに一度精を吐いて濡れているものの鈴口を練り回す。

「俺がこの世で一番、あんたを満たせる男になるためには、どうするのが一番いいかと」

「あ、ああっ……」

「特にあの、光栄にもあんたに一服盛られて死んだ従兄殿よりも気に入られるには、どうしたらいいかと——」

「い、っ…………！」

爪の先が鈴口にめり込んだ瞬間、脳髄に走った衝撃に、男の声が耳の中でぼやけた。たちまち射精感が湧き上がってくる。だが西苑は、ついさっきも貫かれながら男の手に射精したばかりだ。早いな

――と嘲笑されるさまを想像し、意地でくっと息を詰める。

季郎は笑いながら、そんな西苑の背筋に口づける。男の吐息が貝殻骨のくぼみに落ちる感触だけで、またしても達してしまいそうになった。まるで熟れ切った果実だ。立膝の姿勢で高く掲げられている腰が、ずくずくに崩れていってしまいそうになる――。

(こんなに脆かっただろうか、わたしは……)

三日と空けず思いのままに男を漁っていた頃は、もう少し強靭で、自在に男を手玉に取っていたような気がする。この男と寝るようになってから、何かおかしくなってしまった――……いや、この男がわたしをおかしくしたのか……？　わたしは、この男にだけ、おかしくさせられてしまうのか……？

この男に抱かれる時だけ、特別にこんな風に蕩けて駄目になってしまうのか――？

「……やさしい従兄殿は、あんたをこんな風に扱ったりしなかっただろう？」

揶揄する声が、不意にはっきりと聞こえた。手首に、ぎりっ……と、絹帯が食い込んでくる。その痛みが、体の芯で甘く蕩ける。

西苑は唇を噛んだ。この男に鉄嶺のことに触れられるのは耐え難かった。なのに自分には、その指摘を否定することができない。

この男の洞察通り、鉄嶺は西苑を嬲るような仕打ちを一度もしなかった。西苑が年少にして男にひどく嬲られたことを知っていたから、常にやさしく、慎重で、苦痛を強いるようなことは決してしなかった。だが西苑は時々、それが物足りなくて、自ら従兄殿の上に乗りかかっていった。鉄嶺は拒みこそしなかったが、それをいつも少し困惑気味に受け止めていた……。

「鉄嶺殿は――」

男が背後から西苑の腰を引き寄せながら、宣告した。

「鉄嶺殿は、決してあんたのすべてを満たしてくれる人じゃなかった」

「――っ、よせっ……」

じゅぷっ、じゅぷっ……と、腹の奥まで責められる音――。

「あんたは、こんな風に――もっと強くて淫らな刺激を欲しがる性質だったはずだ。踏みにじられた経験のある人間は、時としてその痛みや屈辱がもたらす恍惚に堕ちてしまう。だがやさしくて正義感あふれる恋人には、あんたのそんなどす黒い情動は理解できなかった。やさしくしてはくれたが、あんたの中の暗い欲求を満たしてはくれなかった」

「――……ッ……！」

違う、とは言い切れず、西苑は声を詰まらせる。

「ご立派で高潔な従兄殿の愛に包まれていたはずのあんたの腹の中は、本当は欲求不満でいっぱいだったはずさ」

「くぅっ……！」

「な、だから——俺のほうがいいだろう？」

男の揶揄するような声に、昏さが混じる——。

「俺はあんたの鉄嶺殿と違ってワルだからな。あんたが被虐趣味の淫乱だからって、軽蔑したりしない。むしろそういうあんたを気に入って——かわいいと思っているんだ」

ずるりと引き出される。その長大さに、思わず顎が跳ねて悲鳴が上がる。こんなに大きなものを、自分は腹に呑まされて……。

「言えよ。鉄嶺殿よりも俺のほうがいい——と」

「ひ、っ……！」

再び突き込まれ、腹の中を掻き回される。それと同時に、手を使えないために防御できない胸の尖りを、褥との狭間に忍び込んだ指に摘まみ上げられた。捻られながら、きゅうっ……と引っ張られる。

「言えば、このままひと思いに天上へ連れていってやる」

「ひ、あああぁ……！」

高々と上げられた腰の下に、濡れながらぶら下がるものが、どくりどくりと脈打った。もはや男の手はそこを慰めてはくれず、ただ高まる感覚に悶えるように身震いしているだけだ。

西苑は忙しく考えた。鉄嶺なら——あの従兄なら、やさしく撫でて絶頂を促してくれた。辛抱づよく、自分の快楽は後回しにして、西苑の体に緩やかな快感を与えてくれた。決して、それが嫌だったたわけではない。

だがもし——もし、鉄嶺が生きているうちにこの男が現われていたら……？　と考えて、思わず身震いする。考えたくもない。もしそんなことになっていたら、自分は——鉄嶺を捨てていたかもしれない、なんて。

（——違う。わたしにとって鉄嶺殿は永遠の人だ。愛して、愛して、愛しすぎていたからこそ、誰にも奪われたくなくて、この手で殺したのに……！　それなのに、今さらこのわたしが、鉄嶺殿を捨てるなんて……他の男に、心を移すなんて——！）

それは許されざる裏切りだ、と西苑は身悶える。無間地獄に値する罪だ——。

「言え」

男が激しく責めたてながら、促してくる。まるで拷問のように。

「言え、俺がいい、と——俺のほうがいい、と」

西苑は悲鳴を噛み殺しながら、首を左右に振った。

「いや、だ——……！」

殺してしまった上に裏切るなど……他の男に心を移すなど、どうしてできるだろう。この心は永遠にあの人のものだ。そうであらねばならないのだ——。

西苑は紅唇を開いた。

「鉄、嶺どの…………！」

鉄嶺殿――！　と、その名を繰り返す。

背後の男が、しん、と静まり返った。すべての動きが止まり、息遣いすら押し殺している気配が伝わってきた。

「――そうか」

昏い呟きが零れた。

「それほど、昔の男がいい、か――」

再び、しゅるしゅると絹の滑る音がした。一度、パンとしごかれる音がし、それを手にした男の手が、下腹に潜り込んでくる。

「ひ――」

何度目のことか、西苑は悲鳴を上げた。手首を縛めている絹帯が、性器にも絡められたのだ。きゅっ……と結び目を作る微かな音が、地獄の宣告のように響く。

「口も塞いでやろうか？」

男が囁く。

「悲鳴を聞きつけられて、家人に駆けつけられたくないだろう――？」

つまりこの男は、これから西苑が泣き叫ばずにはいられないようなことをするつもりなのだ――

……。

「た……」

西苑は慄きながら紅い唇を開いた。

「たの、む………」

「いい子だ」

季郎は腹の奥底を揺らして忍び笑い、練り絹仕立ての寝衣を素手で引き裂いた――。

気を失った西苑に寝衣を着せてやり、季郎は情人の房を出た。

長く過ごしたつもりだったが、夜はまだ半ばを越えていない気配だった。どこかの梢で夜鳥が、ほう……と妖しい鳴き声を放っている。

あまり褒められない方法で侵入した家だ。目的を果たした上は、さっさと退散するに限る――とわかってはいたが、季郎はつい足を止めた。漆黒の、星もない虚空を見上げて、はぁ……とため息をひとつ。

わかっていたことだった。西苑に大切な男がいるということは。西苑の――あの妖しい毒鳥の心に、今もその男の面影が、深い傷という形ではあれ、残っているということは。

それなのにあの紅い唇からその名が出た瞬間、正気でいられなくなってしまった。嫉妬していることを知られたくなくて、とっさに残酷な男を演じて凌がなくてはならなかった。我ながら稚拙なやり方だ。

(誰かに嫉妬すること自体、もしかすると生まれて初めてだったかもしれないからな――)

何かにつけ、季郎は不自由というものを味わったことがない。数に入らぬほどの末子とはいえ、大軍閥の総領家に生まれ、不足していたのは親からの情愛くらいで、金銭欲にしろ食欲にしろ性欲にしろ、およそ満たされない思いをしたことがなかった。欲しいと思った女が手に入らなかったこともない。男も同じだ。

だから嫉妬の対象になったことは山ほどあるが、自分が誰かに嫉妬心を抱いた経験はほとんどない。容姿にも才能にも生まれにも不自由がない身に生まれては、そんな必要もなかった。良いと思えば、男も女も口説く先から手に入り、誰かから無理矢理に奪い取る必要もなかった。

だがだからこそ、よりによってあんな毒のある男に惹かれてしまったのだろうか……? この上なく美しく高貴で、だが私欲まみれで捻くれて、面倒で陰湿で、過去のある、危険な男に――。

「……くそっ」

季郎は小さく毒づき、ようやく新芽が萌え始めた前栽を鞘で打った。物音を立てるのは愚行だとわかっているのに、そうせずにいられなかった。

「西苑……」

苑池のほとりで、込み上げるものに動けなくなってしまった。その背後で、ぱきりと小枝を踏み折る音がした。

はっ——と息を呑んで振り向く。

そこにぼんやりと、光る灯籠が空に浮いていた。

「……季郎殿」

灯籠を手に下げた人物が、落ち着いた声で呼びかけてくる。

「貴君は、檀家の季子殿にござるか」

「……誰だ」

季郎は掌を翳し、灯火から顔を隠しながら問い返す。油断なく、片手を剣の柄にかけて——。

「我は、烏丸——と申す者」

その人物は、西苑の叔父である王族の通称を名乗った。歌舞音曲に通じ、詩文も巧みな一流の文人として知られる男だ。

季郎は戸惑った。烏丸の声が侵入者を誰何するものであったら、一目散に逃げ出すまでだが、文人の穏やかな声にはそんな色はまるでなかった。むしろ路傍で苦しむ者を労るようなやさしい響きがあり——季郎は戸惑いのあまり、逆に警戒や敵愾心を打ち消され、その場から動けなくなってしまった。

「――来られよ」

灯籠の手が、差し招いた。物やわらかで高い教養を感じさせる声の、だが有無を言わせぬ命令には、どこか王者のそれを思わせるものがある。

「こちらに来られよ。わが房にて、茶の一杯も振る舞わせていただこう」

男が踵を返す。季郎がついてくることを、疑いもしない歩き方だ。

季郎はわけもわからず、まるで幻術にでもかけられたように、ふらふらと後について歩き出した。

季郎が招じ入れられたのは、房というより茶房だった。炉が切られ、炭火がおこされて、釜に湯がたぎっている。

烏丸は毒気の強い西苑とは似ても似つかぬ清廉そうな雰囲気を持つ男だったが、向かい合ってよくよく見れば、面差しにはやはり甥と共通するものがあった。あの妖艶な美貌が年老いて皺面となれば、あるいは妖怪のように醜悪になるのではないかと季郎は密かに想像していたのだが、烏丸の程よく渋みのある端整な顔を見る限り、その心配はないようだった。

烏丸は自ら茶を淹れた。典雅な作法を披露する間、高名な文人はひたすら無言だった。

季郎もまた、声をかけることもできず、ただ勧められた椅子に端座していた。話が始まったのは、季郎が最初の一杯を干してからだ。

「まず、最初に確かめておきたいのだが――」

典雅な文人は意外に単刀直入だった。

「貴君は甥を想うておられるのか」

情交があるのか、ではなく、想いがあるのかどうか、という問いだった。季郎は迷うことなく応えた。

「はい」

たん、と椀を置きながら告げる。どこか挑むような口調になったのは、烏丸の声が淡々としながらも、白刃を突きつけるような凄みを帯びていたからだ。

「それは真剣な想いでござろうか」

「この腰間の一刀ほどには」

真剣に想っているぞ、それがどうした――。そんな受け答えの後、季郎は烏丸を見据える。若い視線を受けて、烏丸は「ふむ」と顎先を動かした。短い髭を神経質なほど綺麗に整えている顎だ。

「しかし貴君は、我ら王族とは相容れぬ檀家の御曹司。貴君と契り（ちぎ）を結んだ甥の思惑もようわからぬが、貴君のほうもどのようなおつもりで甥に触れられたものか――」

「どのようなおつもりも何もない。俺は縁あって西苑殿を見初め（みそ）、自分のものにした。それだけだ。

檀家がどうこうなど一切関わりなし。家名など――家など、クソ食らえだ！」

自分では冷淡に言ったつもりだったが、つい声が熱くなった。烏丸はそれに水をかけるように、黙って季郎の椀に二杯目の茶を注ぐ。

季郎は挑むような気持ちで、それをひと息に干し、逆に問い返した。

「ところで烏丸殿にこそお聞きしたい。貴殿はどのようにして俺のことを知られた――？　俺はこの屋敷に忍んでくるのは今夜が初めてだ。それをまるで、以前から察知していたかのように」

「――甥のことには、常に注意を払っておるゆえ」

それは、破滅的で危なっかしい西苑を監視下に置いているという意味だろうか、と季郎は思ったが、それにしては男出入りや夜遊びを止められないのはおかしい――と不審が湧いた。

烏丸は自分で注いだ茶の表面を眺め、物憂い顔をした。

「注意を払ってはおるが……我は……この烏丸は、あれが何をなそうと、何を望もうと、一切、それを止めることはできぬ。そのような資格は、この不甲斐ない叔父にはない。今は亡き兄夫婦と、その昔、そう語り合ったのだ」

「……資格？」

それは不思議な物言いだった。礼の教えに従えば、一族中の年長者は、死ぬまで卑属に対する発言権を保持するものだ。この男には充分に、西苑に対する命令権がある。季郎は父や兄らの命令など聞いたためしがないが、それは例外中の例外だった。

「昔……あれがまだ年少の若宮であった頃――……」

こぽこぽと、釜の湯が沸いている。それを見つめつつ、烏丸は語り始めた。

「父親の供をして宮中に伺候した甥が、丸一日行方知れずとなったことがある。翌日の夜半を過ぎてようやく自力でこの屋敷に戻ったあれは、だが全身痣だらけで、手首足首には縛られてできた縄目傷があり、目には乱心の色があって、尋常な様子ではなかった――」

その表現で、季郎は察した。おそらく、西苑はかどわかされたのだ――そして、嬲られたのだ。年少の頃……たぶん、ようやく元服かというういたいけな年頃で、心が壊れてしまうほどに――。

「無論、わたしも兄も、そして兄の妻も、蒼白になって甥に尋ねた。誰がそなたに無体を働いたのかと。しかし甥はひどく錯乱していて、なかなか下手人の名を口にできなかった。それでも、数日かけてようよう落ち着き、明かした名を聞いて、わたしと兄は困惑した。それはとてものこと、我らの手出しできる相手ではなかったゆえ」

「…………っ」

季郎の手から、磁器の椀が落ちた。床に落ち、敷き詰められた石材の上で、ぱりんと割れる。

とてつもなく、嫌な予感がする。この国で、王族ですら手出しのできぬ相手と言えば――。

「――親父か？　俺の親父なのか？」

季郎はつい、非礼な口調で目の前の文人王族を問い詰めた。

「俺の親父が、檀文集が、西苑を犯したのか……？　まだ、何も知らない年頃だったあいつを、無理矢理引き攫って嬲ったのか？」

烏丸は直接には答えず、ただ項垂れる。

「――だが、我が一族にとって、一番悪かったのは、嫡子を嬲られたことそのものではなかった。傷つけられた甥を、我と兄がさらに打ちのめしてしまったことだ」

しゅんしゅん、と湯の沸く音。

「甥を嬲った者どもは、当代一の権力者――たかだか傍流の王族程度の力では、告発どころか抗議すらし難かった。我と兄は思案の挙げ句、いたいけな甥に、『忘れろ』『耐えろ』と告げることしかできなかった。そなたは女子ではないし、孕まされたわけでもないのだから、犬にでも咬まれたと思え、と」

「――……ッ」

季郎は腰を浮かせた。ひどい、それでも家族か、それが男親の、いや人間のやることか――と罵倒しかけて、だが季郎は言葉を呑み込み、黙って腰を降ろす。この文人を罵ったところで何になろう。

それに、季郎ごとき若造に非難されずとも、烏丸はずっと自分自身を責めてきたに違いないのだから――。

だが心と体を傷つけられながら、そんな「事情」を呑み込まざるを得なかった西苑の気持ちに思いをいたすと、季郎は体のわななきを止めることができなかった。血縁者たちからそのように心ない言葉を浴びせられて、どれほど悲しんだだろう。どれほど絶望しただろう。どれほどの怒りを――押し殺しただろう。

西苑が可哀想だ。あまりに……可哀想だ――。

震えながら唇を嚙む季郎の顔を見て、烏丸は力なく首を振った。

「だが我と兄は、あれの凍りついた瞳を見たその瞬間、我と我が物言いを後悔した。己れの言葉が、どれほどいたいけな心を踏みにじったのかを自覚したからだ。そしてあれに、永遠の負い目を持つことになった。あれが従兄である鉄嶺殿に救いを求め、情を交わす仲になった時も……我は、何も言うことができなかった。鉄嶺殿の情愛に包まれていた頃の甥は、まことに幸せそうであったゆえ――」

「――……」

じりり、と胸が焦げる。その頃、西苑のそばにいたのが自分だったら――と、甲斐のない嫉妬をせずにいられなかった。もしその時、鉄嶺ではなく自分がそばにいれば、この俺こそがあいつを癒やしてやれたのに。この腕に抱きしめ、愛を注ぎ続けて、鉄嶺などというつまらぬ男には渡さずに、すべてを俺のものにできただろうに――。

「だが、即位したばかりの今上陛下が、突然ご病身になられたことが、我が家の運命を変えた。王族の血が絶えぬよう、生きて子孫を残すことだけが義務の、飼い殺しの身で一生を終わるはずであった兄が、にわかに次期王位継承者と見なされるようになり——我らは何の力も持たぬ身ながら、権力争いの真っ只中に放り込まれることになった。その結果が、兄夫婦の横死だ」

「——王を弑し奉る企てがあったと濡れ衣を着せられ、ご夫婦そろって毒を飲まれたとか」

またも檀家の手によって陥れられて——と、季郎は心の中で付け足す。烏丸は「うむ」と頷いた。

「だが兄たちは無為に犠牲になったのではない。ひとり息子を政争の巻き添えにせぬために、夫婦して命を擲ったのだ。公式に謀反人とされれば、国法に従い、直系男子である甥までが連座で処刑される。それを避けるために、罪を着せられる前に、自ら命を断ったのだ」

なるほど、と季郎は頷いた。夫婦はひとり息子の命を守るため——というよりは、昔、彼を守ってやれなかった負い目を雪ぐために毒を呷ったのだろう。あるいは彼らは、これでいくばくかは息子に罪を償うことができる——と、むしろ安堵しつつ死んでいったのかもしれない。彼らの自死は、彼らなりの戦い方だったのだ。

「しかし甥は、父母の死をきっかけに鉄嶺殿と決裂してしまった。それは、ちょうど同じ時期に、鉄嶺殿に檀家から縁談が持ち込まれたのが災いしたらしいのだが、鉄嶺殿——というよりそのご一族は、出世と保身のために檀家と深く縁を結ばれる道を選ばれ、檀家から嫁を娶るだけではなく、逆に自家からも檀家に娘を差し出された。それが甥の怒りに火をつけたようだ」

「――そして西苑は……西苑殿は、鉄嶺殿を」

殺した――とは、さすがの季郎も口にできなかった。

経緯を知るにつけ、粛然とするばかりだ。西苑が恋人の裏切りを許せず毒を盛ったことは察していたが、西苑がそれほどの激情に駆られた理由は、ただの痴情のもつれではなかったのだ。かつて自分を傷つけ、さらには父母の命を奪った檀家に、自分を救ってくれたはずの恋人が寝返った――。その衝撃と怒りが、あの妖艶な男を本物の毒鳥に変えたのだ。

己れの毒で、己れ自身を、そして愛した者をも害さずにはいられない毒鳥に――。

「間もなくして、鉄嶺殿の命を奪った毒が、兄夫婦の呷ったものと同じだと聞いた我は、それが甥の仕業だと確信した。だがそれでも――我は甥に、何も言うことができなかった。そなたがかのお方を殺めたのかと、問うこともしなかった」

「それはやはり、西苑……甥御への負い目ゆえに……？」

「――その通りじゃ」

文人は、優美な手つきで茶を干した。

「甥がかどわかされた時、我らがたとえ敵わぬまでも、檀家にきちんと抗議し、王と朝廷に正当な裁きを求めておれば、甥はあのような危うい為人にはならなかったであろう。甥をもっとも傷つけたのは檀家でも鉄嶺殿でもない。権勢に怯え保身に走った我と兄だ。その兄亡き今、我は甥が望みのままに振る舞うのを、止めることはできぬ。たとえあれが、どれほど悪辣なことを企もうと。どれほど欲望のままに危険を冒そうと……」

だから檀家の子弟である季郎との関係も、これまで黙認していたのだ――と、烏丸は言いたいのだろうか。だとすればなぜ、今夜に限って声をかけてきたのだろう――。と不審に思った時、烏丸はまっすぐに顔を上げた。

「だがしかし、さすがに我も、此度の兆しは見過ごせぬ」

「兆し？」

「乱の兆しじゃ。西苑が王位を譲られる身になれるか否か――という瀬戸際で、同盟関係にあった隣国が、突如として兵馬を動かした。それに檀家が関わっているとなれば、おそらく目的は白海国そのものの転覆であろう」

国家転覆。それは、つまり――。

「親父たちは、玉山国と結託し、この国に隣国の兵馬を引き入れて、白海国そのものを滅亡させようとしている、と――？」

王権を傀儡化し専横を振るうだけでは、もはや父たちは飽き足らなくなった、ということだろうか。

陰謀を巡らし、自ら至高の座につくことを夢見始めたということだろうか。

肥えていつも品のない笑みを浮かべている父親が、王の冠を頂き、綾錦の絹服を着て玉座から睥睨しているさまを想像して、季郎はまさか——と一笑に伏そうとした。そんな光景は、笑える三文芝居としか思えない。だが烏丸はそんな若者を厳しい目で一瞥した。

「檀文集とその一族にしてみれば、もし今上が身罷れば、自分たちの姻戚ではなく、しかもかつてその父母を謀殺した西苑が王位に即くことになる。そうなれば何もかも今まで通りというわけにはいくまい、ならいっそ、国そのものを奪い奉らん——と考えたのではあるまいか」

「……っ」

一転、季郎はありうることだ——と思った。だがもう一方では、果たしてあの親父にそこまで腹を括れる胆力があるだろうか、とも思う。朝廷内で権力を握ることと、国をまるごと手に入れることは似て非なるものだ。まして他国との裏取り引きで——となると、成就するまでには相当な綱渡りを強いられるだろうに。

「……もしかすると、親父たちは国家転覆とか王位簒奪とかを、軽く考えているんじゃないか……？」

ひとりごちるような季郎の言葉に、烏丸は「それは卓見やもしれぬ」と肯った。

「権力を私物化している者は、しばしば国家や天下を乱すことを、我が家の裏庭の植木を植え替える程度にしか思わぬものだ。檀家の総帥にしても、おおかたそんなところであろう」

大きなことを企む者に、大きな思慮があるとは限らぬ——と、烏丸は呟く。政に興味を示さず、歌舞音曲に日々を送る浮世離れのした風流人、のはずだった男は、意外にも鋭い見識の持ち主だった。

何ひとつ自慢げに語るでもないが、情報収集にも長じている。この楚々とした風情で、いったい誰からこれほど精度の高い情報を仕入れてくるのか。そういえば、季郎が檀家の季子であることも、西苑と情交を持っていることも、当たり前のように知っていた……。

にわかに、季郎は目の前にいる想い人の叔父が、得体の知れない、怖るべき人物に思えてきた。この文人は、昔の負い目から甥を甘やかしているというだけの男ではない。もっと巨視的な目で、この西苑第と甥を取り巻く状況を見極めている——。

「だがしかし、火の怖さを知らずに火遊びに手を出そうとしているのは、甥も同じだ」

烏丸は辛辣に断言した。

「あれには、檀家に対する復讐心や野心はあるが——政治家としてのしたたかさはない。あまりにも脆く、未熟で子供だ。同志や理解者にも恵まれておらぬ。よしんばこのまま、その懐に王位が転げ込んできたところで、何事が成せようものか」

（それこそ卓見だな……）

季郎はひと言もない。惚れた欲目をもってしても、あの西苑に一国の君主としての器量があるとは思えなかった。淫蕩だからではない。深く傷ついているからだ。季郎はむしろその無残さと脆さに惹かれているが、傷つけられた心とは、一度砕けた器のようなものだ。どれほど細心に欠片を継ごうとも、元通りの水も漏らさぬ状態に戻れるものではない。彼を抱いた季郎にはわかる。西苑は、今にも再び砕けそうな己れを、いっそ自ら砕いてしまいたい衝動と、必死で戦っている。それだけで精一杯の可哀想な人間に、国が担えるとはとても思えぬ。

「それでもあれが権力に生き、この国の執政者となる道を選ぶと言うなら、我はそれに対しては何も言わぬつもりじゃ。我が案じるのは、あれが権力と人の愛の双方を手に入れたがった挙げ句に、どちらも手に入らぬという結末に至ることだ」

――権力か愛か。

その言葉は、季郎の心に深く響いた。他人事ではない。そのふたつは季郎自身と、家族との間を引き裂いてきたものだ。

父や兄たちは権力に生き、自分は人の愛を求めて、色街で皆に慕われながら生きている。人はそのどちらかにしか生きられぬ。どちらをも手に入れることは、おそらくできない。それを試みた鉄嶺は死んだ。檀家と西苑、どちらにも良い顔をしようとした中途半端が身を滅ぼしたのだ。

「鉄嶺殿の時は、甥はかろうじて権力の世界に生きるほうの道を選んだ。だが――今また、面差しのよく似た男が現われ、同じような岐路(きろ)に立たされた。因果(いんが)だ――としか、言い様がない」

「……」

確かにそうだ。人の世に他人の空似などざらにあるが、互いに似たふたりの男が時を置いて現われ、また似たような状況のもとで情人となるなど、とても偶然とは思えぬ。烏丸の言う通り、西苑の人生は因果や呪いに満ちている。

「だが中途半端な覚悟の者が、中途半端なまま政や権力闘争に関わるのは、無用に乱を大きくする元じゃ。たとえ父母の無念を雪ぐためであろうと、騒乱に巻き込まれる民草にとっては迷惑千万」

「……それは」

「まして敵である檀家の一員に情をかけたままとあっては、どの道ろくな結果にはなるまい――」

烏丸の言葉の隠喩（いんゆ）するところを悟って、季郎の胸がどくりと騒いだ。この鋭く頭脳切れる人物の目には、西苑は季郎を憎からず想っているように見えるのだ。

目を閉じて長く息を吐く。もしそれが――西苑の心にこの俺への気持ちがあるというなら、それがどれほどわずかなものであっても、俺は……。

「もう一度お聞きする。貴君は甥を想うておられるのか――？」

「はい」

季郎の答えは揺るがない。

「甥は愚（おろ）か者で、不安定で、決してやさしくも気立てが良くもないが――それでも？」

湯釜がしゅんしゅんと鳴っている。季郎は口を開いた。

「俺にとって、西苑は毒のある、だがかわいい鳥です。扱いを誤れば死を招く。しかしだからこそ惹かれる。毒にあたるのを覚悟で、手の中でその羽毛を撫で、愛玩（あいがん）してみたい……我ながら数奇者（すきもの）とは思うのですが、こればかりはどうしようもありませぬ」

あの妖鳥は、美しく、孤独で哀れなのだ。その壊れたような孤独に、季郎は惹かれた。愛してしまった。この心は、もはや引き返せるところにはない。

「左様か――」

烏丸は季郎の目を見つめ、口元に薄い笑みを刷き、釜の陰から一枚の黒い羽を取り出した。

季郎は息を呑んだ。それが鴆毒を含む羽であることは知っている。おそらく西苑の父母が自害に用いたものの残りだろう。烏丸は季郎の答え如何では、それを釜の湯に放り込むつもりだったのだろうか。

羽が釜の火にくべられる。毒羽は、独特の甘苦い匂いを放ちつつ、見る間に灰になった。それが烏丸の結論だった。

季郎はそれを見届け、立ち上がった。辞去する頃合いだった。

「烏丸殿」

図々しさを取り戻し、にこりと笑いながら告げる。

「次に来る時は、茶ではなく酒を頂戴したい」

烏丸は微妙に表情を変えた。茶はただのもてなし。酒は契りを結ぶ盟約だ。一杯でも互いに酌み交わせば、その時点から一蓮托生の仲となる。季郎はそんな言い方で、自分は西苑第一族の味方になる

と宣言したのだった。
茶房を辞してゆく季郎に、烏丸は立ち上がり、丁寧に礼を施した。
夜はとっぷりと深かった。

白海王・周誕と、そのたったひとりの男児である太子が同時に、そしてにわかに病に倒れたのは、梅の花も咲きそろった春の初めのことだった。
巷に流行した疫病が王宮に侵入し、真っ先に、もっとも病がちな者が襲われたのだ。
西苑の身辺は、突然慌ただしくなった。長らく閑古鳥が鳴いていた西苑第にはにわかに来客が増え、従僕と侍女たちが慣れぬ接待に大わらわだ。来客たちは今上と太子が前後あるいは同時に世を去れば、まず間違いなく王位は西苑のものだと、はっきりと口に出しておべっかを使う者。これまで疎遠だったことを下手に詫びつつも、したたかに近づいてくる者。中にはいきなり恋文を寄越して情人になりたいと言う者までいて、人の下心の醜さに、西苑は辟易した。
当然ながら季郎には、ひと月ほど逢えていない。まあ、あの男のことだから、西苑を抱きたくなればこちらが嫌だと言っても押しかけてくるだろう——と思って、放置していたのだが。

（でもそろそろ、わたしのほうが限界か――）

はぁ、と西苑はため息をついた。人間の生々しい権勢欲や打算に毎日触れるのは、本当に疲れる。というより、とうに活力が底を突いている感じだ――。

（癪だが、誘い文でも書くか……）

はぁ……と、次のため息は色めいたものになる。がらがらと回る車の音が、それを打ち消した。

今日、西苑は箱車に乗っている。今までの出仕は騎馬だったが、ただの傍流王族から一躍推定王位継承者となっては、そうそう軽々しい扱いでは体裁が悪いと言われ、王から内々に下賜されたのだ。周囲には、警護の者たちが乗る馬の蹄の音も響いている。傍目には、すでに正式な太子となったかのような扱いだ。こういう些細な事柄が積み重なって、「王は西苑第殿をとりあえず摂政の地位に就けられるおつもりではないか」という共通認識ができ上がり、いつの間にやら権威というものが背負わされていくのだ。

（――檀家を倒すためには、必要なことだ）

王族としての格が上がれば、周囲に人も増え、檀家も西苑の身にそうそう手荒なことはできなくなる。このまま「事実上の太子」となれば、政治上の権限も檀文集を上回るものとなるだろう。檀家の専横ぶりに不満を持つ者たちを集結する足がかりともなる。自身は一兵とて持たない西苑が巨大軍閥の対抗馬となるためには、是非とも必要なことだ。

（しかし……）

こんなもったいつけがこの先、ずっと続くのか——とうんざりした、その時だった。

不意に、空気をつんざくような悲鳴が上がった。馬を操る御者だった。そして馬が悲痛な声で嘶いてどさりと倒れ、その体重に引っ張られるように、箱車がぐらりと傾ぐ。

「あ！」

受け身を取りようもなく、西苑は箱車の窓覆いを突き破って外に投げ出された。正装のままごろごろと地面を転がり、痛みに呻きつつ顔を上げた。その眼前に、殺気立った群衆の壁が立っていた。

鼻を突く異臭。貧しく垢じみた身なり。黒く煤けた顔にぎらつく双眸。男も女も、手に手に棒切れや鎌などを持っている。王宮へ続く大路の一角を埋め尽くすほどの人数に、護衛の者たちも抜刀しつつ馬を右往左往させている。

「何だお前たちは！　高貴な方のお車を襲うとは、いかような料簡か！」

護衛の威嚇にも、群衆たちはたじろがない。おそらく待ち伏せをし、馬の足に綱を絡めて倒したのだろう。くびきをつけたままの馬が横倒しの状態で、足をもがかせている。

「うるせぇ！　何が高貴の方だ！」

綱を手にした男が唾を飛ばしつつ叫んだ。

「そいつが、そいつが町に疫病をばら撒いたんだろうが！」

「何……」

西苑は警護の者の手を借りて立ち上がりながら絶句した。しかし右膝に走った痛みに、「う」と呻きながら再度崩れ落ちてしまう。

「見た奴がいるんだ！　西苑第の公子が夜半に町をうろつくたびに、行き合ったモンが病に倒れてるってよ！」

民に指先を突きつけられて、西苑はぎくんと震える。

もちろん、西苑が行き合う者たちに疫病を広めているなど、言いがかりに過ぎない。しかし夜中に町をうろついて――という下りには、反応せざるを得なかった。

――心当たりがありすぎる。しかも、やましい心当たりが……。

そんな西苑を見て、群衆を率いる男はそれ見ろ、という顔をした。

「あんたは自分が王様になりたくて王様と公子に毒を盛り、その残りをばれないように町に捨てて回ってるんだ！　そうに違いねぇ！」

「なにを馬鹿な……！」

反論しようとして、西苑は肋の痛みに呻いた。どうやら思った以上にあちこちを傷めているようだ。

「俺ん家ではばばさまとじじさま、年寄りがふたりとも死んじまった！」

「俺ん家では子供が三人だ！」

「これ以上、病人を増やされてたまるか！　今ここで退治してくれるわ！」

うわーっ、と群衆が叫ぶ。「不逞の輩め！」と護衛たちが白刃を煌めかせて追い払おうとするが、あまりに数が多い。そして逃げ道は八方すべて塞がれている。砂ぼこりが舞い立つ下で、西苑は徐々に群衆の輪を狭められて追い詰められた。

護衛が奮闘する中、ついにひとりの男の棒切れの先が、西苑の額をかすめた。殺気立った群衆の持つ粗末な得物が、次々に襲い掛かってくる。

「――ッ……！」

懸命に、西苑は叫びだけは上げるまいとした。王族として、惨めに恐怖に屈するさまを見せることだけはできなかった。だがある一瞬、群衆の中のひとりの男と目が合った。貧民のひとりに紛れているその男は、だが目の表情が、明らかに素朴な庶人とは違っていた――。

その男が、拳を繰り出してくる。その指に鋼の環がはめられ、そこから短針が伸びているのを、西苑は見た。

その針が、西苑の頬をかすめる。焼けつくような感覚が一文字に走った、その時。

「ぐ……！」

男が悲鳴を押し殺した。見れば、その手を串刺しにする形に、直刃の剣が突き立っている。螺鈿細工を施した、朱鞘の――。

「き……」

季郎、と口走る前に、群衆の向こうから黒い馬が躍(おど)り込んでくる。西苑の目の前で棹立(さおだ)ったその馬の背に、檀家の季子が——俠鬼の頭目が乗っている。

馬の前脚が降り降ろされ、その蹄が毒針の男の上に落ちた。絶叫が迸る。だが季郎はそんな男に、一瞥もくれない。

「鎮まれぇっ！」

馬上から、一喝が響き渡る。するとあれほど狂気に駆られていた群衆が、ぴたりと鎮まった。まるで長年調練された兵の群れのように、民たちは季郎の命(めい)に服した。

かつかつと、馬の蹄の音だけが響く。水を打ったような静けさの中、季郎が垂れ髪を靡かせて群衆を見回した。ゆっくりと、一周。

「……よく落ち着いてくれた。まずは皆に礼を言う」

「……」

「どうか、そのまま聞いてくれ。身近な者が斃(たお)れて悲嘆に暮れるのは無理もない。だが死んだ者はもう戻らぬ。どれほど怒ろうと泣き叫ぼうと、二度と戻らぬのだ」

ひゅう、と風が吹く。

「誰ぞを死神に仕立てて、その者を寄ってたかって打ちのめしたい気持ちになるのも無理はない。しかし根も葉もない噂に引きずられて理性を失ってはならぬ。誰ぞこの場に、ここにおられる西苑第さまが毒を撒くところを直接見た者はいるか！」

名乗り出る者はいなかった。群衆は互いに顔を見合わせ、まるで酒の酔いから醒めたように、今まで自分たちは何を信じ込んでいたのだろう、という表情をした。

その様子を見て、季郎はふぅ……とひと息つく。そして朗々と続けた。

「今、お前たちがすべきは無実の者を鞭打つことではない。賢明なる者は次のことを考えねばならない――。つまり病の予防と、まだ生きている者の手当てだ。そうだろう？」

「――っ、そ、そうだが……。しかし俠鬼の大哥……」

「身内に患者のいる者は、大門の通りにある流大姐の酒場へ行け！」

季郎の声は、またも朗々と響き渡った。

「俺の手下どもが、そこで薬と食い物を配っている。病む者と飢えた者は皆そこで施しを受けられるようにした！　すべての患者を助けることはできぬだろうが、まずは手を尽くせるだけ尽くしてみてくれ。十の死人が八に減るだけでも甲斐はあるだろう」

おお、と安堵と感嘆の混じった声が上がった。皆、怒りに駆られているというよりも、疫病の猛威の前に方策が立てられず、不安だったのだ。満潮の波のように押し寄せていた群衆は、見る間にぞろぞろと引き上げてゆく。

彼らは襲撃犯だ。しかし今この場で群衆を捕縛しようなどと無謀な事を考える者はいなかった。護衛の者らも皆、少なからず手傷を負っていたからだ。

「季郎……」

茫然とする西苑の前に、鞍上からひらりと男が飛び降りてくる。西苑は地面に膝を突いたまま、その顔を見上げた。

「立てるか？」

差し出される手からふいと目を逸らし、西苑は自力で立ち上がろうとする。そんな情人に、季郎は白い歯を見せて「無理をするな」と言い、有無を言わせず肘を摑んで助け起こした。

情夫の顔を見つめたまま、西苑は言葉を失った。多種多様すぎる感情が、ぐるぐると渦を巻く。

ごく単純に、危機を脱した安堵。それを上回る、この男の、人の上に立つ者としての器量を見せつけられた口惜(くちお)しさ。そして嫉妬。早く礼を言わなくては、という焦りと、裏腹に声すらも出ない麻痺(まひ)感。

だがそのどれをも上回るのは、この男の姿を見る時にいつも感じる、胸を焦がすような、わけのわからない渇望(かつぼう)だった。遮二無二(しゃにむに)抱きついて、その体温を感じたいような、あるいはもっと深く、ひとつになりたいような。

「季郎――」

男の名を呼んだ瞬間、西苑は我を忘れた。自分が何者であるかも、この男が何者であるかも、そしてふたりの立場が決して馴れ合えるものではないことも、すべて忘れた。

「季郎…………っ」

思うよりも早く、唇が何かを告げようとする。

だがその時不意に、西苑の意識は暗転した。

「西苑っ！」

男の腕に支えられる感触と、その声を最後の記憶にして。

さむい、つめたい、かなしい。

西苑は暗い世界の底にひとりで横たわっていた。誰もそばにいてくれず、体は冷えて凍えるばかりだった。手足の先は氷のようになり、寒さに震える胸の中で、心臓だけがかろうじて温かい。

――かなしい。

ひとりぼっちを悲しいと感じたのは、本当に久しぶりだった。ずっと長い間、父母が死んでから――いや、それ以前、男どもに嬲られ、その傷に「耐えろ」と告げられた時からずっと、寂しさも苦しさも感じるまいとして生きてきた。鉄嶺がいた頃は、楽しく気持ちの良いことだけを考えていられた。幸せで——それが幸せというものだと、ひたすら信じていた。

だが恋人の裏切りが、必死で閉ざしてきた、そして一度は塞がりかけた傷を再び開いてしまったのだ。あの時から西苑の人生は、ただ何も感じるまい——ただ一心に快楽に溺れ、そこに傷があることも痛みがあることも、寂しさも認めまい——と正面から己れを見つめまいとすることに費やされてきたようなものだ。

檀家を倒すことに固執しながら、本当は、権勢欲など大してあるわけではなかった。国や政への理想など、さらに乏しかった。檀家を倒し、王位に即いたところで、特別に何かやりたいことがあるわけでもなかった。

檀家打倒に執着したのは、そうしなければ生きていけなかったからだ。何かを強く憎んでいれば、かろうじて生きている実感があり、ぎりぎりで自分を破壊し尽くさずに済んだ。

だが、今は違う。この心に、不思議と様々な感情を「感じる」力が戻りつつある。長い間、あんなにも慎重に避け続けていたものが。嫌だとか、つらいとか、好きだ嫌いだの選り好みなどが——。

さむい、つめたい、かなしい……。

西苑は大きく息をしようとした。だが、できなかった。唇を開いて喘ごうとしたその時、ふっ、と誰かが息を吹き込んでくる感覚があった。

その小さな息吹が、西苑を救った。さむいもつめたいもかなしいも、すべてがひと息に吹き飛んだ。

西苑は長く止まっていたような気がする呼吸を必死で求め、平たい胸を膨らませた。同時に目が開く。

「西苑……！」

すると、顔いっぱいに喜色を表わした季郎が鼻先にいて、西苑は意識を取り戻すなり、体が揺らぐほど狼狽してしまった。その跳ねる肩を、男の手が包み込む。

「よかった……！　あんた今、本当に息の根が止まりそうになっていたんだぞ」

「……っ」

西苑はこの男が自分の唇に息を吹き込み、蘇生させたのだと悟った。見ればそこは西苑第の房の牀で、ふたりはどちらも裸体だった。季郎は今まで、自身の肌で西苑を温めていてくれたようだ。

「──わたし……は……？」

記憶を混乱させつつ、西苑は尋ねた。わたしは、いつ、この男と寝た……？

「群衆の中に、手練れの刺客が混じっていた」

季郎は苦々しげに告げた。

「ぎりぎりで防げたつもりだったんだが──毒針がかすって、少し体の中に毒が入ってしまったらしい。意識は無くなるわ呼吸は途切れ途切れになるわで、いよいよ駄目かと思った──……」

安堵の息を吐くなり、季郎はぷすりと空気が抜けた紙風船のように西苑の上に覆いかぶさってきた。

オーン……と遠く、野良犬が鳴いている。その声の響き方から、西苑は今が夜半なのだと悟った。房(へや)には灯火も入れられている。

おそらく互いの体温に差がありすぎるせいだろう。情事のさ中の何倍も、男の肌は熱く焼けるようで——それを感じた途端、西苑は波に呑まれるように羞恥(しゅうち)に襲われた。何度も寝た相手だというのに、恥ずかしくてたまらず、体が捩れる。

自分はこの男に守られたのだ。助けられたのだ——そして今、やさしくされているのだ。やさしく——と思うと、なぜかとてつもなくいたたまれない気分になった。この男とは、そんななまぬるい関係ではないのに——。

「ど、どいてくれ季郎……！」

「駄目だ」

男はだが、突き放そうとする西苑の手首を押さえつけてきた。

「まだ体が冷たい。しばらく温まっていろ」

「あ、温めるだけなら他に方法があるだろう……！」

「こうするのが一番手っ取り早いんだ。諦めて大人しくしていろ」

結局、西苑は大人しくさせられてしまった。情交の時は物体でしかなかった男の体が、今は怖ろしいほどに生々しい。その重みも、その匂いも——。

どうして、と考えて、西苑はすぐに正答に辿り着いた。今、自分は生きているからだ。この男と寝たいつの時よりも、生々しく、実感を持って、生きているからだ。

自分は助かったのだ。殺されかけたが、助かったのだ。この男が、助けてくれたのだ。

「……っ……！」

不意に息を詰めた西苑を、季郎は子供を慰めるような手つきで撫でた。そうされると余計に嗚咽(おえつ)が止まらず、西苑は男の胸で、みっともなく忍び泣いてしまった。

「よしよし、怖かったな」

ちゅ、と頬を吸われる。

「もう大丈夫だぞ。俺の手下どもに外で寝ずの番をさせているから、この西苑第には誰も手を出せまい」

泣きやまない西苑に、また、ちゅっと口づけ。

「色街のねぐらに連れ帰ろうかとも思ったんだが、王位を継ごうかっていうあんたがいきなり行方不明になっちゃ、立場上まずいだろうと思って、こっちへ運び込んだんだ。あんたは助かったし、宮廷での立場を悪くもしていない。だから安心しろ。大丈夫だ、大丈夫だ……」

やめろ、と振り払ったのに、男は幾度も幾度も口づけてくる。ようやく顔を離した季郎は、だが一転して険しい表情を浮かべていた。

「すまなかった、駆けつけるのが遅れて、怖い思いをさせた」

別に守ってくれなどと頼んだ覚えはないのに、季郎は心からすまなさそうに謝ってくる。

「王と太子が同時に倒れてからこっち、親父たちも切羽詰まって何をしでかすかわからん状態だと聞いていたから、用心はしていたんだが――察知するのが遅れて、悪かった」

「では」

季郎の言葉の重大な意味に気づき、西苑は目を瞠った。

「わたしを襲った者たちは、やはり扇動されていたのか……？」

「ああ」

「檀家の者たちに――？」

「そういうことだ」

「なぜ、そんな回りくどいことを――？」

あれほど強力な毒を所持しているのなら、そんな手間をかける必要はなかったのではないか、と疑問を呈すると、季郎は少し考え込む風情で小首をかしげ、「たぶん」と前置きする。

「今この政治的に微妙な時期に、あんたが妙な死に方をしたんじゃ、さすがにあからさますぎて世間の者たちの口を封じきれないと思ったのだろう。その点、疫病で混乱した庶人が流言を信じ込んであんたを襲ったのなら、少なくとも謀殺の証拠は残らず、世上の非難は避けられる――親父どもらしい、姑息な策略だ」

なるほど——と、西苑は他人事のように思った。

確かに狡猾なやり口だった。ばら撒いた流言が嘘八百ばかりでないあたりが特にそうだ。西苑と毒との因縁や夜歩きの癖など、微妙に真実に近いことを織り込んで、人々が「そういえば、そんな噂を聞いたことが」と、信じやすいように巧妙に仕組んだのだ。

改めて、倒すのは容易ではない敵だと思わざるを得なかった。どうする——と恐怖を押し殺しながら考えを巡らそうとした時、季郎が不意に体を離した。西苑の体の左右に肘を突いて、じっと顔を見降ろしてくる。

「——な、何だ」

男の真剣な顔は、何か空怖ろしさすら感じさせるものだった。やがて、男は言った。

「決めた」

「何を……」

「俺は肚を決めたぞ、西苑」

「——え？」

「いいか、西苑」

男の双眸が、西苑を見据えてくる。その熱さに、思わず肩が震えた。

「俺はあんたを、何よりも誰よりも大切に思っている」

「季郎……」

西苑は唖然(あぜん)とした。何を言っているのだ、この男は——と眉を寄せるその顔を、男は両手で摑んで引き寄せた。

「だから、あんたのためなら、俺は命も惜しまない」

「……っ」

「その覚悟を、たった今決めた——西苑」

男の腕が、西苑を囲い込む。抱きしめ、肌を合わせてくる。

「俺の西苑」

俺の西苑。

耳に注がれる囁きに、全身が総毛立った。どっと汗が噴(ふ)き出し、一気に体温が戻ってきた。何か告げようとして開いた唇は、だが狼狽に喘ぐばかりだった。

(——ど、どうしよう……!)

どうしよう。これは愛の告白だ。この男はわたしに愛を告げているのだ。この男はわたしを愛していると言っているのだ。どうしよう——!

「季郎……」

本気なのか、とようやく問おうとしたその唇を、季郎は目を閉じてそっと塞いでくる。熱い唇に塞がれて、いっとき、西苑は息ができなくなる。

「き、ろ……」

舌が痺(しび)れる。濡れたそれを絡められて、もう声が出せない。

触れ合う肌の熱さ。

言葉を失った西苑は、黙って瞼を降ろし、男の唇を味わった。

裸体を重ねたまま、深く、幾度も口づけを交わす。

だが季郎は、なかなかそれ以上踏み込んでこなかった。毒針で倒れたばかりの西苑の体を慮(おもんぱか)って、口づけと愛撫で事を済ませてしまうつもりらしかった。

だが西苑は焦れた。こんなに体が熱いのに——こんなにも、倦んだような熱が肌の下に溜まっているのに、ほんのそればかりでは、とても満たされそうにない。ましてこれほど近くに、互いの体があるというのに——。

足を絡めて、土踏まずで男のふくらはぎを辿る。淫靡(いんび)な誘惑に、季郎の背筋がぞくりと震えたのがわかった。焦ったように、西苑の腕から離れようとする。

「西苑……西苑駄目だ。これ以上昂ったら、俺は――」

「わたしを潰してしまう……か？」

体の中で滾る熱にじわりと発汗しながら、西苑は妖艶に笑った。

「ついさっき、息の根が止まりかけたのも忘れて、無茶苦茶に犯してしまうと――？」

「ああ」

季郎は真摯に告白し、すでに充溢している股間を脅すように押しつけてくる。

「あんたの命が途切れてしまうかと、本当に肝が冷えた――。だから今、あんたが生きていることを確かめたくてたまらない。こいつが、あんたの体の奥の熱さを感じたがって、もう限界なんだ――」

花蜜のように甘い睦言だった。「だから、誘惑しないでくれ」と続けられても、とうてい承諾などできない。

「……すればいい」

西苑は、男の頬を両掌で包む。

「感じればいい、季郎――。わたしはこうして生きている。貴様が助けた命だ。存分に感じればいい」

「西苑、だが……」

季郎は苦しげな顔で、なおも躊躇した。ああもう、焦れったい、と身を揉んで、西苑は胸板の上の、弾力を持ち始めた尖りを男に押しつけた。

この男が欲しくてたまらなかった。そうさせたのは、この男だ。

(あれほど鮮やかにいきり立った群衆を鎮め、刺客を倒し、その上、これほど情熱的に想いを告げて……。多少具合が悪いからといって、情欲に火がつかないわけがないではないか……)

——責任を取れ。

たまらない想いでさらに肌を押しつけると、ようやく男の手が皮膚の上を滑り始めた。最初はそろそろと、臆病(おくびょう)に貝殻骨から脇を撫で下ろし、その滑らかさに耐え兼ねたように、尻の肉を鷲摑(わしづか)んでくる。

刹那、男が上げた短い呻り声に、西苑は骨の髄まで悦びに満ちた。この男に獣のように欲しがられている、と思うと、それだけで発情が頂点に達してしまいそうだった。

「季郎」

男の名を呼ぶ。今はこの世で一番気に入っている男の名を。

ともすればあの世にいる男のことを、忘れさせてしまいそうになる男の名を——。

「季郎——」

男の手が、両手で尻肉を揉みしだいてくる。痛いほどに揉まれながら、喉首を食(は)まれた。

互いに理性を失えば、あとはもう、獣の姿で交わるだけだ。全身の肌を啄まれながら男の手に弄り回され、素直に口を開けた部分に、自ら体を曲げて男の逸物を導く。

だが季郎は、なかなか入ってこない。いつものようにひと息に腰を割って欲しいのに、とば口に先端を差し入れては、何か躊躇(ためら)うように出してしまう。そして姿勢を変える。そんなことを幾度も繰り返され、熱に熟れた西苑は、そのたびに悲鳴のような喘ぎを上げた。まだ入れられてもいないうちに、全身が汗にまみれ、蒸れた淫らな匂いを立てた。

「じ、焦らすな、ばかっ……」

高くうわずった声で罵ると、困ったような声が返る。

「そうじゃない――少しでもあんたが楽な姿勢を探しているだけで……」

今夜の男はやさしい。そのことが嬉しくないわけではなかったが、西苑はもう耐えられなかった。下腹の中が熱い――疼いて、たまらなく熱い……！

ついに西苑は、両脚を回して男の腰を捕らえた。踵(かかと)をその尻に押しつけ、引き寄せる――と言うより、抱きすくめるようにして求めた。入れてくれ、と。入れて、思いきり奥を犯してくれ、と。

「く、っ」

たまりかねたような男の声。そしてその手が西苑の腰骨を左右から掴む。

「あ――……！」

灼熱(しゃくねつ)の塊が、西苑を押し拓く。ず……っ、とめり込んでくる重みと鈍い痛みが、この上ない悦びとなって脳髄まで駆け上ってくる。

「ああ」

男が両脚の間から、声を漏らす。

「西苑、あんた――いつもより熱い……っ」

たまらない、と季郎の呻き。男にぎしぎしと揺らされる感覚に、西苑が胸を反らせて、ああ、と満悦の声を上げ、最高潮の喜悦を味わおうとしたその瞬間――。

ず……と引きずり出される感触に、ひ……と引きつる声が上がる。あっさりと繋がりを解かれて、思わず上半身を起こした。

「季郎……」

「やめよう」

男は切なげに、首を左右に振った。

「やっぱり駄目だ。あんたの体に障る」

「そんな――!」

男が牀を降り、手早く着物を羽織ってゆくさまに、西苑は思わず手を伸ばしてしまった。その手からさらに遠ざかりながら、季郎は再度首を振る。

「どうかしていた。まだ熱のあるあんたを抱こうなんて……」

「……っ」

「──許してくれ」

短く、音の立つ口づけを残して、帯を結ぶのもそこそこに、男が房を出ていく。

「待、っ……」

ずくりと疼く体が、牀の上に崩れる。

ずくり、ずくりと──腰の奥が、熟れきった果肉が蕩けるように蠢いた。

「……ッ……！」

思わず、枕を扉に投げつける。ばん、と夜気が揺らぐような音がした。

「ひ、どいっ……！　途中で──！」

西苑とて、季郎が交わりを途中で止めたのが、熱のある自分への思いやりだとわからないわけではなかった。

そそくさと出ていったのが、ぎりぎりで理性を保つためだと、わからないわけではなかった。

だがそれでも──西苑は許せなかった。怒りながら、すすり泣いた。

──俺はあんたを、何よりも誰よりも大切に思っている……。

あの言葉が真実か否か、今ここで確かめたかったのに──！

「……きらい、だ」

切なさと怨みに涙が零れ、西苑は衾の上に泣き伏す。

やはりあの男は敵の一族だ。決して心の通じる相手ではないのだ……。

「貴様など……貴様など、だいきらい、だ！」

夜の庭に、低く忍び泣きの声が響いた。

自分ではもう大丈夫だと思っていたが、西苑はその後十日間ほど、牀(しょう)を離れられなかった。幾度も熱が上がったり下がったりし、そのたびに大事を取らされたためだ。

熱が出るのは、季郎のことを思い出し、その都度内心で怒ったり羞恥にまみれたりしていたからなのだが——そんなことを、疫病を怖れつつ必死で看護してくれる侍女たちに打ち明けられるはずもない。

（言えるか。檀家の男に告白された……などと——）

そして、なおも完全には起き上がれない状態で迎えたある日の午(ひる)、どこかからひばりの声が聞こえてきそうな陽気に、庭の木々を眺めながら午餐(ごさん)を済ませた西苑は、侍女に淹れさせた食後の茶を飲んでいるところに、叔父の烏丸の訪(おとな)いを受けた。

心得た侍女が、一歩引き下がりつつ首を垂れる。

「叔父上……」

「どうだ、調子は」

柔和でありながら神経質そうなところもある叔父の顔を見て、西苑は牀の上で姿勢を改めた。何かを咎められたり、怒鳴りつけられたりした記憶など一切ないのに、なぜかこの叔父の前ではいつも緊張してしまう。

その叔父は、もうほとんど完璧だ、という西苑の答えに、綺麗に髭を整えた顎でひとつ頷いてから、いきなり「檀家の季子殿は――」と切り出してきた。

「っ！」

その名に動揺するあまり、西苑は茶碗を揺らし、中身を少し衾に零してしまった。烏丸はそんな甥を、速（すみ）やかに無視して続ける。

「あれから、そなたを訪ねてきておられんのか」

あれ、という言葉に、また熱が上がったような気がする。

叔父の言うあれ、とは、あの日群衆に襲われた西苑が季郎によってこの西苑第に担ぎ込まれた時のことに違いない。その後の、あの夜半の出来事をこの叔父が知るはずがないからだ。だが、烏丸はなぜか昔から不思議にすべてを見通しているような気配があって、油断がならない。

（――もし、この叔父があの男とのことを察していたら……）

額にじわりと脂汗が滲んでくるのを、西苑は感じた。こうも動揺が体調に表れやすいのは、やはりまだ毒の残滓が体内にあるせいだろうか。それとも、あの夜の満たされなかった熱が——。

「いいえ、一度も！」

再び浮かびかけた淫らな感情を振り払うために、つい、必要以上に力を入れて否定してしまう。烏丸はそんな甥の顔を、不審がるでもなく、澄んだ双眸でじっと見つめてくる。

諦観のような、心配のような、どちらともつかない眼光だ。

「……下がってくれ」

やがて烏丸は侍女に命じた。要は秘密の会話前の人払いだ。この叔父は、あまりこういう人の主らしいことをしない人である。珍しい——と西苑同様、侍女も感じたのだろう。軽く目を瞠り、それでも楚々とした仕草で房を後にする。

その足音が完全に遠ざかってから、烏丸は西苑に向き直った。そしておもむろに、今まで懐深くに仕舞い込んでいた封書を差し出してくる。

「何——ですか？」

「読んでみろ。言っておくが……大声を上げるでないぞ」

叔父らしからぬ脅すような警告を受けて、西苑はごくりと喉を鳴らしつつ封書を受け取った。

開いてみれば、それはかなりの長さだった。城郭の絵図や白海国内の地図なども添付されている。

叔父の意図も知らず、書いた者が誰か、誰に宛てて書いたものかもわからぬまま黙読で読み進めた西苑は、中ほどまで来たとき、この紙束が国をも揺るがす代物であることを悟り、手を震わせた。

「……大丈夫か」

烏丸が動揺する西苑を気遣ってくる。しかし、それどころではない。

「叔父上――これは、誰から……？」

「季郎殿だ」

断言してから、叔父は少し改めた。

「おそらく季郎殿だろうと思う。身なり怪しき俠の者がひとり、我が庵に忍び入って置いていったのだ。我にそのような知り人はおらぬゆえ、檀家の季子殿の使者としか考えられぬ」

「叔父上……叔父上これは、檀家の謀反計画の証拠です！　これは……！」

「しっ」

烏丸は叫びを上げかけた西苑の口を、とっさに塞いだ。叔父の掌に口を塞がれながら、西苑はなおも叫んだ。

――これは、檀家の総帥が玉山国の将軍に宛てた密書ではありませんか……！

その文意を要約するとこうだった。白海国王は余命いくばくもなく、次期国王たる太子も病弱児で、宮廷は混乱している。今、玉山国軍が国境を越えて進撃してきても、おそらく対応は後手後手となるであろう。檀家はこれを迎撃するふりで出陣するが、王都を離れたところで玉山国軍と合流し、軍を返して王都を陥落させ、王族はひとり残らず捕らえて処刑する。しかる後、玉山国には返礼として領土の三分の一を割譲し、檀家が新しい白海国の王となる。互いの利益のために、共に手を携えて事を進めようではないか……。

最後に、檀文集の署名と朱印がある。

(証拠を握った)

西苑は昂奮のあまり荒く浅い息を繰り返した。

(ついに、ついに檀家を破滅させられる証拠を握った——!)

領土割譲と引き換えに敵国と裏で通じ、王位を簒奪する。それは紛れもない叛逆と売国行為だった。もし事が成就する前に露見すれば、間違いなく処刑される重罪だ。つまりこの密書は、檀家を破滅させられるだけの確かな証拠なのだ——!

西苑は牀から飛び降りるようにして立ち上がった。こうしてはいられなかった。

「待て、西苑」

そんな甥の肘を、烏丸が摑んだ。

「どこへ行く?」

「離して下さい叔父上。これが、これさえあればすぐにでも檀家一党を反逆罪に問える。今すぐ王にお目通り願い、羽林を動かしてこれが確かに本物の檀家総師の印であると証明してもらわねば……！」

「――それでよいのか？」

叔父は不思議なことを言った。

「檀家一党を反逆罪に問う。そなたは本当に、それでよいのか……？」

「決まっているではありませんか叔父上、奴らは我が父母を奪った仇にして、この白海国を滅ぼさんとする朝敵。それを一気に除ける機会が、ようやく――」

「よく考えろ、西苑」

烏丸の整えられた眉が、きゅっ、と眉間を狭める。

「王に対する反逆罪は、国法により直系成人男子すべてが連座で処刑させられるのだぞ」

「知っています。我が父母はそれを避けるために自ら毒を呷って果てた。忘れるはずがありません！」

「西苑。季郎殿は、檀文集の子だ」

一文字ずつ、噛んで含めるように、烏丸は告げた。

「つまり檀家総師の直系男子だ。そなたがその密書を持って羽林に駆け込めば、かのお方も共に首が飛ぶのだ」

「――――ッ……………！」

西苑は自分が傷を負った瞬間の獣のような声を上げたことを自覚した。一気に血の気が下がり、うしろざまに倒れ込みかけた甥を、烏丸の手が予測していたように冷静に支える。

西苑は牀の上にへたり込んだ。体のどこにも、力が入らない。

「西苑」

そんな甥を痛ましげに見下ろしながら、烏丸が言う。

「季郎殿は、すべての結果を見越した上で、おそらくその密書を発送直前にすり替えたか、途中で奪うかしたのだ。そしてこの西苑第に寄越した——。意味はわかるな？」

「…………」

「かのお方は、ご自分の命をそなたに差し出されたのだ。檀家を打倒したいというそなたの夢を叶えるために、自分自身、そして不仲とはいえ、血の繋がった父や兄弟たちの命を差し出されたのだ」

「叔父…………上…………」

「これが、かのお方のそなたへの想いだ。自分のみならず、一族をもろとも道連れにして——それでもなお、そなたに望むものを摑んで欲しいと願う、痛い——血の滴るような想いだ」

想い。

その言葉で、西苑はようやく思い出した。

——俺はあんたを、何よりも誰よりも大切に思っている……。

——だから、あんたのためなら、俺は命も惜しまない……。

西苑は、ほとんど息が止まった。

あれは――。

あの言葉の、本当の意味は……！

「季郎殿は、そなたを命懸けで愛しておられるのだ、西苑」

命懸け。

本当に、文字通りの、ものの例えだけではない命懸けで――。

「その想いをどういたすかは、そなた次第ぞ」

「……」

「落ち着いて、よくよく考えて決めるのだな」

烏丸は蒼白なまま牀に座り込んでいる甥にそう告げ、ひとつため息をつくと、さらりと春風が去るように、部屋を出ていった。

ぱたり……と扉が閉じる。

そのまま、西苑は長い間ひとりで茫然としていた。

まるで魂が抜けたように――。

「……うっ……！」

嗚咽――ではなく、嘔吐に近いものが胸の奥から漏れ出る。

「ばか！」

しゃくり上げながら、罵倒する。

「こんな……こんなことをして……！　こんなことをしでかして！」

痛い。まるで真正面から、心を抉られたようだ。

違う。望んでいたものは、こんなものとは違う――！

「季郎！　きろう……っ！」

思わず、怨み言が漏れた。

「貴様はわたしを何だと思っているのだ！　こんなものを押しつけられて、欣喜雀躍するような冷血漢だと思っていたのか！　貴様は、貴様は、きさま……わ、あああぁ……！」

西苑は牀に身を投げ出した。衾を引き摑んで、悶えた。

そして自分のために命を捨てようという男のことを思った。

たった今、わかった。いや、本当はずっと以前からわかっていた。

季郎を愛している。今はもう、死んだ鉄嶺よりもはるかに深く。

わかっていた。ただ自分の心を見ないふりしていただけだった。裏切りを許せず殺めた鉄嶺を、自分もまた、新しい男への想いのために裏切り捨てたのだと、認めたくなかったから――。

鉄嶺への想いと後ろめたさを塵芥のように捨ててまでも、季郎を愛した。そして愛されたかった。

誰からも愛されるかの男の姿を横目で呆れて眺めつつ、本当はそれをひとり占めしたいとずっと願っていた。飢えるように、誰よりも強く激しく愛されたいと思っていた。

それは叶った。こんな皮肉な……痛いほどに皮肉な形で——。

「ばか！　ばか！　ばかぁ……！」

やがて、泣き叫ぶ声と共に、房(へや)の中を滅茶苦茶に壊し回る音が響き、異様な物音に気づいた従僕や侍女たちが何事かと駆け寄るのを、庭先で烏丸が制止していた。

静けさと、悲しみに満ちた表情で。

咲き誇る桃の花が、ひらひらと花弁を降らせる。

王都は春の盛りを迎え、連日の晴天だった。今日などは、初夏の暑熱を予感させるほどの陽気だ。

手を翳して陽(ひ)を遮りつつ、季郎は天を眺めた。めったに親元に寄りつかない季郎だが、ここ数日は思うところあって、檀家の邸宅で過ごしている。

「さて、どうなるかな——」

西苑のもとに密書を届けて、すでに数日。

父はまだ密書が西苑の手に落ちたことを察していない。それは確信できる。なぜなら季郎自身が使者の手に渡る寸前に中身をすり替えたからだ。年少の頃に再々、父の書斎から金目の物をくすねていた季郎にとって、その程度の細工は造作もないことだった。

もちろん手下に命じて強引に奪うほうが手間暇もはぶけたのだが、季郎はあえて面倒な小細工を自身でしてのけた。父が気づくのが遅れればそれだけ、西苑に有利になるからだ。

もちろん、西苑が季郎への情に負けて告発を断念すれば、そんな苦労も無に帰する。

(だが西苑は、おそらくそうはしないだろう)

季郎への情がないというのではない。檀家への怨みがそれだけ根深いというのでもない。

この機を逃せば、玉山国の侵攻を受けて国が亡ぶからだ。いや、多くの民草が死ぬことになるからだ。

西苑は決して聖人君子ではないし、むしろ欲深く小狡いところもあるが、支配者側に生まれた者としての義務感は強い。季郎に対して多少の情があったところで、自分がすべきことを見失うことはない。ない、はずだ。

ひらひらと、花びらが舞う。

それを両掌で掬い取りながら、季郎は思った。

(――西苑、どうか俺の心を受け止めてくれ)

可憐なひとひらの花弁は、まるで血色を刷いた妖艶な男の肌のようだ。

(もうわかっているだろう。俺はお前を心から愛おしく思っている。お前の背負った哀しさを想うと、たまらなく胸が苦しい。どうすればそれを余さず伝えられるかと考えて、こんなことをした。淡雪よりも虚しい万の言葉ではなく、もっと確かなもので、お前に男の誠を示してやりたかった……)

烏丸の言葉を思い出す。西苑には檀家に成り代わりたいという野心はあるが、政治家として非情に徹する覚悟がない。冷徹な執政者となるか、平凡な人としての情の道を選ぶか——はっきりしない中途半端な状態のまま先へ進むことは、西苑だけではなく、誰のためにもならない。

それは、その通りだと季郎も思う。季郎は政治を嫌悪しているが、この世に国というものがある限り、誰かがそれに携わらねばならぬことも承知している。そしてそれが西苑であるなら、あの妖鳥のような男の贄になってやるのも悪くはないと思ったのだ。

「……なあ西苑。俺を選ぶなよ」

掌の中の薄くれないの花弁に語りかける。

「夢を叶えろ、西苑。この国の王になれ。この地上でもっとも美しく、冷たく凜とした王になれ。それこそが俺の望みだ。俺はそのために、この身の血の、最後の一滴までお前に捧げてやる——」

花弁を載せた掌を、ぎゅっと握りしめる。

そして念じた。

「西苑……」

にわかに馬のいななく声が響いた。

続いて怒声。気忙(きぜわ)しく鎧(よろい)の触れ合う音。大勢の足音が地を踏みしめる気配。

それらが一体となって、檀家の広大な屋敷を取り巻いてゆく——。

「何事です！」

「わかりませぬ、ですがあれは——羽林の……！」

「きゃあ！」

武装兵の物々しさに狼狽した侍女が果物籠を取り落とす。回廊から庭に転がった林檎(りんご)の実を、駆け込んできた兵の沓がぐちゃりと踏みつぶした。

たちまち、季郎を含む檀家の者たちは、侍女や従僕をも含め、兵に矛先(ほこさき)を突きつけられ、包囲された。立ち竦む彼らをよそに、兵士たちは邸宅の奥へも押し入っていく。まるで全員が邸内を知り尽くしているかのような、統率の取れた動きだ。一糸(いっし)の乱れもない。

侍女たちは互いに身を寄せ合って立ち竦み、男どもは戸惑ってきょろきょろするばかりだ。邸宅の奥からも、悲鳴と怒号が聞こえてくる。

そうして、そんな騒ぎが一瞬、収まった間合いを見計らうかのように、兵士たちが開いた道を悠然と通って、西苑が邸内に乗り込んでくる。豪華な錦(にしき)の武官装束に身を固め、威儀を正した姿に、季郎は驚き、呆れ、同時に見惚れた。

男娼姿の時から、美麗な衣装が好きらしい気配はあったが、こんな非常時にも着飾らずにいられないらしい。そう思うと可笑しくて、つい頬が緩む。

西苑のほうも、庭で兵士に包囲されている季郎に気づいたらしい。足を止めて、目を瞠る。美々しいなりとは対照的に、やつれて、血色の褪せた生気のない顔だ。

一瞬、多くの人の姿越しにふたりの視線が絡み合った。西苑が季郎のほうを向き、薄い唇が何か言いたげに開く。その時、騒音と怒号が響いた。

「おのれ王家の小童めがぁ！　この檀家総師が身に手をかけるとは、何たる無礼かぁ！」

季郎の父だった。すでに数人の兵に肩や腕を絡めとられていたが、その肥えた体躯で兵の固まりを引きずりながら、邸宅の奥から這い出てきたのだ。

西苑はまなじりを決し、そんな檀家総師を見据え、手にした指揮棒の先端を突きつけた。

「檀文集！　すでに貴様の目論見は露見した。武官の長たる位を頂きながら、他国と結んだ挙げ句に王位を簒奪せんとした罪、決して免れぬと覚悟せよ！」

「な、何を証拠にそのような世迷言を……！」

「証拠ならここにある」

西苑が見せつけるように広げた文書を見て、文集の表情が凍りつく。

当然だろう。自分の手で書き上げ、厳封して使者の手に託した文書が、もっとも渡ってはならない相手によって掲げ示されていたのだから。

「貴様の署名も、印もある。それらすべて真偽のほどは大理（司法庁）にて鑑定済みだ。何か申し開きをすることがあるか？」

「………馬鹿な………」

文集が、がくりと膝を突く。

その巨大な体が崩れ落ちた瞬間、檀家の命運は決まったと言っていい。兵士に包囲された人々の口から、声にならない呻きが漏れた。

叛逆はもっとも重い罪。その罰は族滅と国法に定められている。檀家は取り潰され、一族直系の男子は、謀議への関与があろうがなかろうが、おそらく助命されることはない――。

「連行しろ」

短く、だがはっきりと西苑が命じる。女たちの絶望的な泣き声。そして男たちの怒声と怨嗟の声。驚いて泣き出す子の叫び声――。

季郎もまた、ふたりの兵に左右から矛先を突きつけられ、「同道されよ」と促された。軽く頷き、連行される檀家一族の列に加わるために歩き始める。

西苑を見つめる。

美しい男は、蒼白な顔から微妙に濡れた視線を送り返してきた。

わずかに寄せられた眉。噛みしめられ、震える唇。やつれて隈を浮かべる、縁の赤らんだ下瞼。

数日間の懊悩が表われた顔だった。そして、深い怨みつらみも。

あの艶やかな声が聞こえてくる。

——満足か……？　私にこんなことをさせて……この身を裂かれる痛みを味わわせて、貴様は本望か……？　この悪党め……！

季郎は口の端で微笑した。思惑通りだった。西苑は、悩み苦しんだ末に選択したのだ。季郎もろとも、檀家を葬り去る道を。

この国の執政者の地位を奪い取る道を——。

(それでいい、西苑)

俺は本望だ、と季郎は思った。お前が俺のために懊悩してくれたことに、そして、最後には俺の願い通りの道を選んでくれたことに、満足している。

悩み苦しんだということは、西苑もまた季郎に情があったということだ。それは言葉によるものよりも、何万倍も確かで疑いようのない告白だった。自分は西苑に愛されていた。西苑は自分を愛していた。そのことを確かめられただけで、他にはもう、何もいらない。

「何をしている、歩け」

兵に後ろから肩を突かれる。見苦しく嘆声(たんせい)を放つ男女の群れに混じって、季郎は歩かされた。

屋敷の門をくぐる。振り向いても、もう西苑の姿は見えない。

ざっ、と風が吹き、季郎の垂れ髪に花びらを降りかからせた。


武官第一位の地位にある一族は、たとえ謀反人といえども、庶人と同じ牢屋に放り込まれたりはしない。

連行された季郎が入れられたのは、王宮の広大な敷地の一角にある「冷宮(ラングン)」と言われる離宮だった。古来、罪を問われた貴人や王の妃嬪(ひひん)を隔離するために使われてきた場所で、簡素ながら生活用品は一式揃い、牢獄とはいいながら居心地は悪くない。外へ出られないことを除けば、檀家の陰気な隅部屋よりも快適なくらいだ。衣服も着替えが与えられ、三度の食事には温かいものが出る。謀反人の一族とは思えない好待遇だ。

ただ、少し奇妙なのは、この冷宮に幽閉されているのが、どうやら季郎ひとりらしいということだ。耳を澄ませても、共に捕縛された父や兄たちの気配は伝わってこない。一族同士で互いに連絡を取り合わないよう、隔離されているのかもしれないが――。

「もしかして、俺だけ特別扱いか……？」

季郎は少々図々しくそう考えることにした。そうだとすれば、悪い気はしない。一応は離宮であるこの建物の周囲には花木や鑓り水が配され、格子のはまった窓からは、盛りの桃花や石竹が眺められる。季郎にここを宛てがったのは、西苑のせめてもの心遣いかもしれない。そう思えば、花もより一層美しく見えようというものだ。

おそらく、自分はあと何日も生かされはしないだろう。近く一族もろとも刑場に引き出され、一斉に首討たれる運命だ。

だが最後にこの春を楽しんで逝けるのなら、まあ僥倖と言えるのではないかと季郎は思う。短い人生ではあったが、思いがけず命を捨ててもいいと思えるほどの恋もできた。最初は、こんな奴、と嫌悪すら覚えた相手だったのに――と思うと、我ながら数奇な成り行きだったなと苦笑してしまうが、それもまた人生の醍醐味というものだ。

格子から花びらが舞い込んでくる。煙草と楽器が欲しいな、それと酒、とつい考えて、さすがにそれは無理だろうと苦笑し、口先で弦のつまびきを真似る。

「テン、テテン、テン……」

歌ううちに、ふと人の沓裏が砂利を踏む音が耳に止まった。いつも食事を運んでくる吏員とは違い、足運びに優雅さがある。

振り向くと、朱塗りの格子の向こうに、思いがけず見知った顔があった。

「烏丸殿――？」

目を丸くする季郎に、烏丸は丁重すぎるほどの物腰で一礼した。

「お健やかそうで何よりじゃ。檀家の季子殿」

「は、はい、どうもご丁寧に」

間の抜けた答礼をしながら、季郎は何事だろうと訝った。この政にはまったく興味を示さない文人が、いわば政治犯である季郎のもとをわざわざ訪ねてくるとは、いったいどういう風の吹き回しだ――？

「貴君に至急お知らせせねばならぬことができましたゆえ、こうして参った次第。季子殿――」

烏丸は痛ましげに顔を歪めた。

「凶報がふたつある。まずひとつは――貴君のご一族に、死罪の沙汰が下りました由」

「……」

覚悟していたことだ。今さら動揺はない。しかし、ふたつとはどういうことだろう。

不審がる季郎に、烏丸は告げる。

「今ひとつは――わが甥・西苑が服毒いたしたること」

「え、っ」

季郎はきょとんとしてしまった。何だ？　この男は、今何を言った……？

西苑が──服毒……？

「甥は己が命と引き換えに、貴君の助命を嘆願しおったのだ」

濃い悔悟の色を滲ませた表情で、烏丸は淡々と告げた。

「自らの命と引き換えに、どうか檀家の季郎君を御放免あれと書き残し、自ら所持していた鴆毒を飲み干した」

「な──………」

長い絶句の後、嘘だ、と季郎は我知らず叫んでいた。格子を摑んで、声を張り上げた。

「う、嘘だ、嘘だ……！　あの西苑がそんなことを──俺のために、そんなことをするはずが………」

「真実だ。嘘ではない」

季郎の驚愕をばっさりと断ち切るように、烏丸は格子の向こうから静かに告げた。

「王は、謀反人は族滅が国法なれど、檀家一族の告発と逮捕を取り仕切った当の西苑がそうまでして嘆願するのであれば、無下にはできぬと仰せあり、格別のお慈悲をもって貴君のみはご助命下さるとのことじゃ──季子殿」

烏丸の黒い目が、ひたりと季郎を見つめる。

「ご一族の処刑が済み次第、貴君は釈放される。ただし檀家の一員としての身分、財産はすべて剝奪され、一庶人に落とされるとの由じゃ」

「そんなことはどうでもいい！」

季郎は力任せに格子を殴りつけた。うららかだった春の庭に、一転、殺気に満ちた音と、悲鳴のような叫びが響く。

「なぜだ！　なぜ西苑はそんなことをしたんだ！　どうして、俺などを助けるために……！」

「季子殿」

烏丸がそんな季郎を宥めるように、掌を見せて制する。

「なぜ、とは奇妙なことを聞かれる。その理由をもっともよくご存じあるのは、貴君であろう」

「……え？」

「甥は貴君が自分にしたことを、そっくりそのまま貴君にし返したのじゃ。なにゆえ――という理由もまた、貴君そのままであろう」

しばらく、考えを巡らせるための間があった。そして、ひゅっと息を呑む音――。

「そんな――……！」

季郎は、ふっと気が遠くなるのを感じた。

――そんな馬鹿な……。そんな、馬鹿な――！

西苑が俺を愛していた。それも命を懸けるほどの想いだった。そんなことがありうるのだろうか。

あの西苑が――？　野心家で欲深く……権力の座を夢見ていた、あいつが――？

自ら殺めた恋人への未練に凝り固まっていた――あいつが……？

「そんな――……！」

格子窓の下にへたり込んだ季郎の手を、烏丸は格子の外から包み込んでくる。

「落ち着かれよ。甥はまだ、死んではおらぬ」

季郎は顔を振り上げた。

「……っ、本当か！」

「じゃが、重態じゃ」

烏丸の厳しい顔つきを見ただけで、かなり助かる見込みは低い「重態」だとわかる。まだ生きてはいるが、この先の希望は持つなということだ。

「季子殿。貴君がここから放免されるまでは、わたしが甥の命を保たせる。何としてでも保たせるゆえ、貴君はここを出次第、我が西苑第に来られよ」

声音のやわらかさとは裏腹に、それは有無を言わせぬ命令だった。烏丸は怒りを抑えていた。それが甥をこんな運命に追い込んだ季郎と、思い詰めた挙げ句に馬鹿な真似をした甥の、どちらに抱く怒りかは判じ難かったが。

「よろしいな季子殿。たとえ貴君にとってそれがいかに不本意であろうとも、甥の命と引き換えに助命された以上、貴君には甥を見舞う義務があろうぞ。この冷宮を出られて、真っ先に我が家に来られねば、この烏丸、生涯貴君をお怨みする」

文人はそう言い残し、さっと肩を翻して去っていった。

季郎はその背を、格子を摑みしめ、茫然としたまま見送った。

季郎はその翌々日の、蜜色の月がかかる夜半、ひそかに冷宮から釈放された。

事前に烏丸から伝えられた通り、身分もなく財産もない、ひとりの名もない男となることが助命の条件だった。表向き、檀家の男子はひとり残らず族滅されたことになっているからだ。

その密勅（みっちょく）を受けた瞬間、季郎は声を上げて失笑しそうになった。皮肉なものだ。檀家の名を捨て、身分を捨て、ただのひとりの男に……そうなりたいと願い続けていたことが、こんな形で叶うなんて。

もちろん今の季郎に、夢が叶った、などという歓喜はない。思いがけず命を拾ったという安堵もない。財産の中から唯一返却された朱鞘の刀を腰に差すのももどかしく、夜闇の中をひた走りながら思ったのは、ただ毒を呷ったという西苑のことだけだ。

（西苑、死ぬな――まだ死ぬな。俺が行くまで、生きていてくれ……！）

こうしている間に西苑の息の根が止まったら、と考え、焦燥のあまり二度三度と足がもつれた。都大路は花の香りが満ち、芽吹いたばかりの柳糸が生暖かい風に揺れ、妖しいまでの美しさだったが、季郎の目には何も映らない。

心に起こるのは、ただ痛いほどの後悔だけだ。季郎は西苑のために死んでやるつもりだった。だが西苑には、そんな献身は重荷すぎたのかもしれない。毒を飲んだ、と聞かされた瞬間、まず考えたのはそのことだ。西苑はきっと、季郎の命を助けたいのと同時に、仕返しをしたかったのだ。苦しい決断を迫った怨みを、自分の命を絶つことで晴らしたかったのだ。ざまを見ろ、とほくそ笑みつつ毒を呷る表情が、目に見えるようだ。

「俺は――……！」

季郎は思った。自分は西苑という男を理解したつもりで理解していなかったのではないか。淫乱で妖艶なあの男は、本当は自分が思っていた以上に繊細で、心やさしい男だったのではないか。あの色香に目かくしされて、その心根の中にある、己れのために誰かを犠牲にすることを潔しとしない気高さを、見誤っていたのではないか。

自分はあの妖鳥に、思っていたよりもはるかに深くやさしく、愛されていたのではないか――。

西苑第の優美な正門は無人だったが、閂はかかっていなかった。おそらく烏丸の手配だろう。ぎぃ……と軋る音を立て、押し開いた扉の隙間から敷地に滑り込む。

しんと静まり返った西苑第の庭には、まるで季郎を導くかのように点々と灯火が配されていた。季郎は萩の茂みを掻き分け、敷石を辿って、屋敷の奥へと向かう。

風趣のある池泉の向こう、いつぞや西苑と情を交わした部屋に灯火が灯り、人影の動く気配を感じ取った瞬間、どっと汗が湧いた。渡り廊下から室内に侵入する際は、物音を立てないよう気をつけることもできなかった。

扉を蹴破らんばかりの勢いで飛び込んできた季郎に、烏丸が振り向く。そしてスッと身を退いた向こうに、西苑の横たわる牀があった。

暗い灯火に照らされるその顔は、まるで人形のようだった。息をしている気配も、血色も生気もない。だが、腐り崩れる兆候も見られない。まるで陶器でできているかのように、艶めいている。

「……まだ、わずかに息がある」

烏丸が小さな声で告げた。

「じゃがおそらく――このまま……」

絶望的な宣告は、だが最後までは声にされない。烏丸は季郎の動揺の深さを見て、そんな残酷なことはとても口にできないと思ったのだろう。

季郎は手を伸ばし、西苑の頬に触れた。わずかなぬくもりと、手指を押し返してくる弾力がある。紅を差したような妖艶な形の唇、薄い花びらのような瞼、烏色の髪――。

「……西苑」

牀に手を突き、上から伸し掛かるように声をかける。

「西苑、おい、西苑……起きろ」

やせた肩を摑んで揺らす。反応はない。

「起きろよ、おい、起きろってば……！　俺だ、檀家の季郎だ。どうして寝ているんだ、おい、起きろよ、起きろ！」

「——季子殿」

見かねた烏丸が、後ろから腕を取って制止してくる。

「無駄だ。甥はもう目を開かぬ。毒を呷った後、見つかって手当てを受けるまでに時間がかかりすぎた。今宵まで命が保ったことが奇跡なのだ」

「……っ……」

がくりと膝が崩れる。季郎は西苑の体にかけられた衾を摑みながら、ずるずると床の上に沈み込んだ。溺れる子供が、必死に、だが虚しい力で岸辺の土を摑むように。

「そんな……西苑っ……！」

その瞬間、初めて季郎は涙を零した。今までは、最初の凶報の衝撃が大きすぎて、泣くことすらできなかった。心のどこかで嘘か間違いではないかと希望を抱いてもいた。

だが西苑の顔を見ては、それも儚く散ってしまった。西苑は死ぬのだ。今はまだ細々と続いている生命の糸は、遠からず力尽きて切れる。この血色の失せた顔を見ては、そのことを呑み込まないわけにはいかなかった。

「西苑………」

衾の下から、やつれた手首を引き出して握りしめる。

「すまない、西苑……。俺が悪かった。俺の考えが足りなかった。お前には人並みのやさしい心などないだろうと、すっかり見くびりきっていた——」

自分のしたことは、この西苑に対する侮辱だった、と季郎は後悔の念に苛まれた。どうして忘れていたのだろう。自分は、一見性悪なこの男の中に、思いがけなく気高さや思いやりの心を見つけたからこそ、恋し惹かれたのに。

「……貴君のせいばかりではござらぬ、季子殿」

烏丸がうしろから季郎の肩に手を置き、慰めるように告げた。

「この烏丸も、甥の心を見誤っていた。檀家を倒すことも、貴君への想いを貫くことも、ふたつながらどちらも諦めぬ。西苑はきっと、声を大にしてそう言いたかったのに違いござらぬ。甥が本当に鼻を明かしたかったのは、権勢への道を選ぶか、貴君を選ぶかふたつにひとつ——などと無情な選択を迫ったこの叔父——いや、人の情というものを軽んじがちなこの世そのものであったやもしれぬ」

「……っ……」

「甥は貴君を心から愛していた。その想いの深さを、この烏丸もまた、見くびっておったのじゃ――」

文人王族の懺悔の言葉は、季郎の心に深く沁み込んだ。季郎だけではなく、西苑の側もまた、命懸けの想いを抱いていた。そのことを、この文人は認めたのだ。世に欲望よりも強い人の想いがあることを、この男も思い知ったのだ――。

「――殿」

不意に、烏丸が季郎を本来の字で呼んだ。

「貴君は夜が明けぬうちに王都を出られるがよい。檀家の権勢が滅した今、人々の間に蓄積した怨みつらみが、一気に貴君の身の上ひとつに集まるやもしれぬ」

つまり今まで檀家に苦しめられていた者たちが、その怨念を晴らすためにただひとり生き残らされた季郎を標的にするかもしれない、ということだ。季郎にはその様子が容易に想像できた。つい先日、西苑の身に起こったことだ。都の庶人たちが手に手に棒切れや石を持って集まり、多勢を頼んで季郎を袋叩きにする。たちまち、季郎は無残な肉塊となって路傍に転がるだろう。すでに身分も名も剝奪された男が殺されても、朝廷はうまく民の不満を解消できたと喜ぶばかりで、ろくに捜査も下手人の捕縛も行わないに違いない――。

「そうなってもよい、などと申されるな」

烏丸は季郎の肩をどやしつけるかのように、先回りをして告げた。

「もし貴君が路傍で横死するようなことになっては、甥の想いが無に帰してしまう。そのようなことは、これの父代わりとして座視するわけには参らぬ」

「……ではどうしろと？」

季郎は西苑の体に縋りながら、背後の男を顧みて言った。

「名も身分も失ったただの男が、さらに誰よりも愛しく思う相手から離れて、どう生きろと言われる？」

「……これを連れていかれよ」

烏丸が言い切った言葉の意味を、一瞬、季郎は受け取り損ねた。

「何と？」

「西苑を連れて、都を出られよ。幸い、貴君の愛馬は没収された後、我が家に下賜された。もし同乗が難しければ、我が家の車馬を提供してもよい」

季郎は思わず目を瞠った。黒曜がここに？　乗馬などほとんどするとは思えないこの文人のもとへなど、どうして下賜されたのだ、と不審を抱いてから、あるいは最初から季郎に返還するつもりで、自ら下賜を希望したのかもしれない、と気づく。

「し、しかし烏丸殿――。この状態の西苑を連れて都を出たりすれば、命を縮めることに……」

今、西苑の命は手厚い看護によってぎりぎりに繋ぎ止められている。季郎がどれほど手当てを尽くしても、旅の空の下ではできることに限りがある。半月生きられる命が三日で尽きることもあり得るだろう。

「そうなろうとも構わぬ」

だが烏丸はきっぱりと断言して、左右に首を振った。

「どう頑張っても、早晩尽きる命にござる。甥にとっても、貴君の腕の中で最期を迎えるほうが幸せなはずじゃ」

「烏丸殿……」

季郎は思わず、烏丸を二度見した。西苑をまるごと俺にくれるというのか？　体も魂もすべて。残り少ない命まで？　本当に、それでいいのか？　そんなことをしてもいいのか？

「連れていってやって下され」

烏丸は寂しげに、だがどこか晴れ晴れと微笑んだ。

「これは己れの権勢や命よりも、貴君を選んだのじゃ。その想いを、どうか最後まで余さず受け止めてやって下され」

夜が明けぬうちに、季郎は黒曜にまたがり、鞍（くら）の前に意識のない西苑を乗せ、王都を離れた。

幸い、巨体で足の強い黒曜は、西苑の体重が加わってもそれほど苦にすることなく、ふたりは悠々と旅立つことができた。着の身着のままだが、金（かね）だけは烏丸が黄金粒を一袋渡してくれて、余裕がある。

「さあ、行こうか西苑」

血色の失せた、まだかろうじて息を繋いでいる顔に語りかける。

「お前と俺、名もなき男ふたりきりの旅路だ。想像するだけで胸が躍るな」

王都の城壁が地平に消えた頃、最初の曙光（しょこう）が差した。

当てどない旅、というわけではない。幸い、季郎に剣術を授けてくれた人が、とある田舎町に隠棲し、そこで子供らに学問と剣を教えている。当面、そこに厄介になる腹づもりだ。ただそこまでは、急ぎ旅でも十日ほどの行程だった。病人を連れてでは、なおさら時間がかかる。

（景色でも楽しみつつ、ゆっくり行こう……と言いたいところだが、できれば西苑の命が尽きる前に辿り着いてやりたいな）

旅の空で息絶えた者は、路傍のどこか適当な場所に葬（ほうむ）らざるを得なくなる。仮にも王族であるこの艶麗な男の体を、質素な土饅頭（どまんじゅう）の下に埋めてしまうのは哀れだった。

「黒曜、少し駆けられるか」

黒い馬は、承知した、とばかり鼻を鳴らした。軽く馬腹を蹴って促すと、蹄の音がカツカツと鳴り、馬体が流れるように躍動し始める。

片手で手綱（たづな）を操りながら、朝焼けの空を見上げる。結わずにいた髪が風に靡く。

不意に、乾いた笑い声が漏れた。頭の中のどこかが壊れたような声だった。

――ああ、自由だ。俺は自由だ。風のように、雲のように、鳥のように。長く願っていた、名もない、地位も身分もない、どこにも、誰にも束縛（そくばく）されない身になれた。最愛の人の心すらも、手に入れた。それなのに……。

（皮肉なものだ。夢はすべて叶ったというのに、ただひとつ西苑の命だけは――）

人の世とは何と皮肉にできているのか。何かを求めれば、引き換えに何かを失う。決して、完璧なものは手に入らない。

黒曜を駆けさせながら、季郎は笑い続けた。その声は涙の滴と共に、風に吹かれ、砕けて散った。

――誰かが甲高（かんだか）く笑っている。

西苑はひゅっと喉を鳴らして息を吸い、続けて二度三度と深呼吸をした。少し寒い朝の空気が、萎えた全身に巡り渡っていく。

自分は今まで死んでいたのだろうか？　と訝るほど、それは急激で鮮烈な目覚めだった。よほどよく眠れたと思った朝にも、これほどの蘇生感は感じたことがない――。

（ああ、でも、一度だけあったな。あの男に抱かれて目覚めた朝に……）

何だか気持ちがいい、と思わず頬が緩む。男に抱かれることをやめられない第一の理由はこれだ。抱かれて頭の中が真っ白になり、死のような眠りに落ちると、翌朝、清々しく生まれ変わったような気分を味わえるからだ。

（中でも、あの男の腕の中の眠りと目覚めは、極上だった――）

しなやかで精悍な男だったから、それは精力も素晴らしかったが――別にそれだけで惚れたわけではない。西苑は淫蕩だが、それでも、体の相性が即愛情になるほど短絡的ではない。

やさしかったのだ。あの男は。誰よりも西苑を理解してくれた。それに西苑を抱くために屋敷にまで押しかけてくるほどの情熱も、口では嫌がりながらも、本当は嬉しかった。

だが所詮、一緒に生きられる相手ではなかった。敵対する家の子息同士では、どちらかの死で幕を閉じるしかない恋だった。あの男は自分がその役を引き受けようとしたが、西苑はその役を横から強奪してしまった。

きっと烏丸は怒るだろう。結局中途半端をして国を混乱させたと。実際、あの叔父には悪いことをした。終始面倒ばかりかけてしまった。

でもきっとわかってくれるだろう。不出来な甥が不出来ななりに何に懸命だったのか。何を求めていたのか。何を貫こうとしたのか――。

鴆毒を常備していたのは、もし権力争いに負け、檀家に追い詰められるようなことがあった時のためだった。楽に死ねるわけではないが、それでも、拷問を受けて無理矢理反逆者に仕立て上げられる苦痛と不名誉は免れる。

（まあ、まさかこんな目的で使うことになるとは、思ってもみなかったがな――）

あの夜、苦笑しつつひと息に飲み干した黒い毒酒は、ひどい味だった。喉と胸が焼けつき、西苑はすぐに意識を失った――。

はずなのに。

（……どうして生きているんだ、わたしは？）

困惑しつつ、息を吸う。新鮮で、冷たく気持ちのいい空気だった。ふんわりと花の香りが混じっているのが、上等な酒のようで、何とも心地いい。

それに、しっかりと抱きしめられている腕と胸の感触も――。

「……季郎……？」

からからに渇いている喉が引きつれ、ごほん、と咳が出た。途端に、疾走感と揺れが治まり、男が息を呑む気配がする。

「……西苑？　まさか、そんな――……！　西苑っ？」

ぐらぐらと揺さぶられて、ひどいめまいと嘔吐感が襲ってきた。ごぽっ、と音がして、胸の奥から何か喉を焼くようなものが逆流してくる。

まるであの夜飲み下した毒が、吐き出されたかのようだった。喉に絡まるものをすべて吐き出し、ようやっと息ができるようになる。

上下の瞼が互いに張りついたようになっていた目を、苦心しつつうっすらと開く。

見上げる角度の視界に、極楽のように青い空と、驚愕（きょうがく）の表情を張りつけた季郎の顔が映った――。

◇　◇

「とにかく口の中を漱（すす）げ。ほら、水」

季郎が差し出した竹筒を受け取り、西苑は言われた通りに口を漱いだ。草むらにぷっと吐き出した後、残りを貪るように飲み干す。

「……もうないのか？」

蘇生して、それがまともに話した第一声だった。季郎は西苑の体を支えながら苦笑したようだ。

「すまん、井戸のある村はさっき通り過ぎてしまった。落ち着いたら引き返そう。先へ進むより、そのほうが早く水にありつけそうだ」

季郎は草の上に西苑を横たえてやりつつ、上機嫌で告げた。時々見たことがある、嬉しがる子供のようなにやついた顔だ。美男が台無しだからやめて欲しい——と心の中だけで呟いて、西苑は大きく深呼吸をする。それにしても。

「……なぜ死ねなかった……？」

まだガンガンと頭が痛む。真昼の光に目が慣れなくて、気分が悪い。

薄目を開けば、真っ青な空を背景に、梢が薄紅色の花を咲かせている。李だ。顔に梢の影が落ちると同時に、花びらと、馥郁たる香りも降りかかってくる。

ああ、生きているのだ——と、西苑は複雑な気分で実感した。生きている——死に損なってしまった。単純な歓喜や安堵を凌駕して、何やら茫然としてしまう。

「毒が劣化して効能が薄れていたのだろうか……保管は完璧だったはずなんだが——」

「だとすれば奇跡だな」

揺らすと頭痛がひどくなると言っているのに、季郎は西苑に寄り添って横たわり、こめかみのあたりにやたらと頬を擦りつけてくる。鬱陶しがって押し退けても、まったく懲りない。木に繋がれている黒曜も、しきりに鬣を降って居心地悪げだ。

「天の守護だ。俺とお前の日頃の心がけの良さを嘉して、奇跡を起こして下さったのさ」

「……それこそありえない話だろう」

自分で言うとは図々しい奴め、と西苑は季郎の言い分を一蹴した。心がけが良いどころか、ふたりともいつ地獄に曳かれていっても文句は言えない身だ。そんな輩にこんな幸運が何もせずに降ってくるものだろうか……と考え、ふと気づく。

「——叔父上か……？」

「ん？」

「そうだ、烏丸の叔父上は、わたしが鴆毒を保管していることを知っていた……。何か細工をできるとすれば、叔父上以外にはない」

西苑の言葉を聞いた季郎は、一瞬、真面目に考え込む風情だった。「そうかもしれないな」と呟き、次の瞬間にはまた西苑の額髪を弄りながら、締まりなく笑み始める。

「まあ、いいじゃないか。烏丸殿の作為があったかなかったかなど——少なくとも俺にとってはどっちでもいい。お前が生きているのならな」

「……本当に適当な奴だな」

西苑は呆れたが、もう反論はしなかった。ある意味では季郎の言う通りだ。叔父が毒をすり替えたのかどうかなど、今さら確認しようもない。

どちらにせよ烏丸は、ふたりが遠くへ逃げおおせた頃合いを見計らって、甥の死亡を正式に発表するつもりだろう。そうなればもう、死人になった西苑は王都の政治に復帰することはできないし、もしそのつもりで舞い戻ったとしても、烏丸がそれを許すはずもない。今ここにいる自分は、この男と同様、名もなく身分もないただの男だ。もはやこの男の連れ合いとして、どこか世の片隅で生きていくしかない身だ――。

（つまり、わたしはもう、この身も心も、命もまるごと、この男のものということだ……）

そうと気づいて、西苑は一気に顔が赤らむのを感じた。

そうだ、この男はもう知っているのだ。西苑が自分を好くあまり、命を断とうとしたことを。西苑が、長年の王座への執着を捨て、昔の恋人への想いを捨て、この男への愛情を選んだのだ、ということを――。

「西苑……」

男の腕が、きつく巻きついてくる。

「まだ言っていなかったな。お前が命を懸けて想ってくれたこと――俺は生涯の光栄に思う」

「……っ」

西苑は恥ずかしさのあまり憤死するかと思った。まだ毒の影響も残っているというのに、めまいの上にめまいが重なる。顔を覆って、「やめてくれ……」と身を捩って懇願したのに、男は腕を離そうとしない。

「いやいや、それにしても、お前があんなに情熱的だとは思わなかった。醒めた奴だと思っていたが――意外に、恋に狂う性質(たち)だったのだな」

「そ、そんなのはお互い様だ！」

耐え兼ねたような喚き声。

「お前こそ、わたしのためにあんな馬鹿な真似をして……！」

西苑は恥じらい半分、怨み半分の声で喚いた。そもそも最初に、自分を選ぶか権力の座を選ぶか、残酷な選択をけしかけてきたのは、この男ではないか。

「わたしがどんなに迷って、苦しんだと思っている……！　おかげで、こんな……ら、らしくもないことをする羽目に――！」

今にして毒を呷った夜のことを思い出すと、本当に顔が火を噴きそうになる。あの時、西苑は無我夢中だった。どうにかしてこの男の命を助けたくて、自分の命すら惜しいと思わなかった。こんなに惚れさせておいて、一方的に犠牲になられてたまるかという怒りと意地もあった。貴様こそ、わたしの気も知らずに馬鹿なことをしたのだと、思い知るがいい――と、ひどく憤(いきどお)りながら毒を飲んだ記憶がある。

それは西苑の、死を懸けた告白だった。だがその気持ちは、自分の死と共に伝わるはずだった。散々憎まれ口を叩いてきたこの男に――貴様など鉄嶺殿の足元にも及ばんと断言したこの男に、面と向かって愛を告げ、生き恥をさらす勇気はどうしても湧いてこなかった。それなのに、自分は生き延び、今こうしてこの男と正面切って顔を合わせている——……。いったい何の罰だ、これは。どうしてわたしが、こんな恥ずかしい目に遭わなくてはならないのだ——。

激怒しつつ身が竦む思いで俯いている西苑を、男が面白げに見下ろしている。

「らしくもないことをしてしまうほど、俺が好きなのだろう？」

季郎は白い前歯を見せてにやりと笑った。

「言えよ。好きなんだろう？」

いかにも嬉しげに脂下(やに)がっているのが、さらに西苑の羞恥と怒りを誘う。

「ばか」

拳を固めて、どす、と胸板に一撃。

憎たらしい、憎たらしい——憎たらしくて、たまらない。

「ばか、ばか、ばか」

繰り返すうちに半泣きになり、西苑は男の胸を幾度も打ち据えた。

「き、貴様なんか、貴様なんか——！」

貴様なんかを愛するつもりはなかったのに。

貴様なんかのものになるつもりはなかったのに——！

悔しげな、甲高いすすり泣きの声。それに重なる、男の笑い声。

「俺も、お前が好きだぞ、西苑——……」

誇らしげで偉そうな、その声。

「——〜〜っ、ばか……っ……！　ん……！」

口が塞がれ、もつれて絡まり合う体の下で、草むらががさりと鳴る。

がさり、がさりと転げまわる音。やがて零れる、熱いため息——。

「季郎……」

呟いた唇に、男の唇を迎える。

人の声の絶えた草むらに、李の花が盛んに散り、黒い馬は所在なく前脚で土を掻きながら、それを振り払った。

幽鬼の井戸

きぃ、きぃ、きぃ……。

車井戸の滑車が軋る音を、西苑は季郎の腕の中で夢うつつに聞いた。

きぃ、きぃ、きぃ……。

今、西苑が季郎と共に仮寓しているこの家は、農家ながらなかなかの大家で、敷地内にいくつかの井戸が掘り抜かれていた。そのうちのひとつが、ふたりが臥している離れの真横にあるのである。

草木も眠る真夜中だ。西苑の横で——というより、西苑の体に腕を回し、ぴったりと体を添わせている季郎も、身じろぐ気配すらないまま、深い寝息を立てている。

（——誰だろう……？　こんな深夜に——）

ふと目覚めて喉の渇きを覚えたのなら、厨房に汲み置いてある水瓶の水を飲めばよい。わざわざ、このような深更に耳障りな音を立てる井戸を使う者がいるだろうか——。

だがその夜、西苑はその正体を確かめることはなかった。井戸の音は不愉快であり不気味でもあったが、わざわざ臥所を離れてまでそれを見極めてやろうという気にはなれなかった。

闇に慣れた目に、季郎の鼻先が映る。

……太平楽に眠っている。

西苑はその整った鼻と口元を凝視し、恋人の野望のために自らの一族を滅するという天をも畏れぬ大罪を犯した季郎の心が、安眠を貪れる程度には平安でいるらしいことを感じ、その安堵の中で眠りについた。

「死んだことになっている」西苑と、「死んだことにされた」季郎が、季郎の愛馬黒曜共々夜陰に紛れて王都を脱出し、はやひと月ほどが経つ。

季郎が到着地と見込んでいる辺境の町はまだ遠く、ふたりと一頭はその道程の村に滞在している。

毒を呷って蘇生したばかりの西苑の体調がなかなか万全にならなかったことと、水の豊かなこの村を、ふたりが気に入ってしまったこと。このふたつの理由によって、五里ほどの道を引き返してきたふたりの足は、ここで長く止められていた。

「何、急ぐことはない。俺たちはふたりともすでに公式には死人であるゆえ、追手もかからん。それに最高権力者の檀家がいきなり消滅して、おそらく今頃、朝廷は混乱状態。いずれは地方にもそれは波及してゆこうよ。旅路を焦れば、途中で何ぞの災難に遭遇せんとも限らん。情勢を見極め、情報を集めつつゆるゆるとゆくが吉だろう」

西苑よりもはるかに世情に通じた季郎がそう判断したとあっては、西苑は口では「呑気だな」と言いつも聞き入れる他はない。もとより生まれてこの方、王都から離れたことすらない世間知らずの身だ。

——宮廷から遠ざけられ、役目も与えられず、父母と恋人を奪われ、それでも生かされていた。ただ王家の血を絶やさぬためだけの「予備」として、あの西苑第で……。

(それが今は、自由の身となり——情夫と手に手を取って旅の空とは……)

事が急すぎて、まだとても、現実とは思えぬ……。

すでに毒の影響はあらかた抜けているのに、西苑は夢から覚めきらぬ心地で茫然としている。春の盛りの村は美しく、庭には名も知らぬ様々な花が、陽光の下で芳香を放っていた。

病み上がりの西苑にたんと精を付けさせなくては、などと言って、季郎は夜が明けるなり弓矢を担いで愛馬に打ち乗り、狩りに飛び出していった。おかげで、西苑は今、ぽつねんとひとりだ。

屋敷の男たちも田畑に出、残っているのは奥方や娘、下女たちばかりである。西苑はそのうちのひとりが車井戸で水を揚げるさまを、縁側に座り込んで眺めていた。

ぎぃ、ぎぃと滑車が鳴る。釣瓶が引き上げられ、澄んだ水が水桶にざばりと注がれる。

「……よう働くの」

西苑は思わず呟いた。

「そのように骨の折れる力仕事を、男衆の手も借りず軽々と——」

「あっ、いえ」

肉置きの豊かな下女は振り向き、西苑を見て顔を赤らめた。

「このくれぇ、大したこたぁねぇです。男衆が田畑で土くれ相手に鋤鍬振るうのに比べりゃあ」

「しかし先ほどから見ておれば、その重い水桶を担いでもう三往復もしておるではないか。疲れも見せず、大したものだ」

西苑がその働きぶりを褒めると、下女は恥ずかしげに笑った。

「へぇ、でも昼餉の支度で減っちまったぶん、夕餉までに溜めておかにゃならねぇで、急がねぇと……。それに日暮れから朝方までは、釣瓶車の軋む音が隣近所に響くで、奥方様から井戸を使うのを禁じられておりますで、今のうちに済ませちまわねばならねぇんで」

「――ふぅん」

ではやはり、昨夜聞いたのは幻聴だったのか――。

この素朴な下女に、夜半にその井戸の滑車を動かす音がしたが――などと馬鹿正直に話したところで、無用に怯えさせるか、不審を抱かせるだけだ。

自分の勘違いだろう、と西苑が内心で納得した時、にわかに門のほうが騒がしくなった。

馬の嘶く声。人の駆け込む足音――。

「西苑！　さいえーん！」

自棄かと一瞬疑うほどの陽気な声と共に、季郎が獲物を掲げて示す。

それはよく肥えた数羽の山鳥と兎だった。すでに血抜きがしてある。これ以外にも、雌鹿を一頭仕留めたと言う。

「すぐに調理してもらおう。屋敷の者たちも一緒に、昼餉も晩餐も明日の朝も肉三昧だ！」

「――そんなに肉ばかり食べられるか」

聞いただけで胃もたれを起こしそうな気分で告げると、その表情を見て季郎がふふんと鼻を鳴らしながら顔を寄せてくる。

「あんたは食が細いからな。男は見境なしに食うくせに」

「――……ッ……」

卑猥な皮肉に、西苑はまなじりを吊り上げた。反論しようとして、だが言葉に詰まる。

西苑が王都で、夜な夜な男漁りをしていたのは紛れもない事実だ――。

「そ、そんな淫乱を好き好んで選んだのは、どこの誰だ」

目を逸らしながら皮肉を返す。だが、

「俺だな」

季郎はしゃあしゃあとしたものだ。その上、「自分の趣味が悪いことは承知しているさ」などと、磊落に笑いながらひどいことを言う。そして不意にその笑いを収めた。

「だがもう、あんたに男漁りはさせん」

その口調の強さに、思わず視線を戻す。浮気は許さん——という意味か、と西苑は思ったが、季郎は意外な言葉を継いだ。

「あんたは男好きなんじゃなくて、自分を男に嬲(なぶ)らせて自分を罰していたってことを、俺はもう知っているからな。だから俺がいる限り、あんたに自分を傷つけるような真似(まね)はもう二度とさせん。あんたは幸せになるんだ。俺に愛されて——誰よりもな」

「……」

西苑が、季郎の顔を見つめながら黙り込んでしまったのは、その言葉にうっかりと心が動いてしまったからだ。

——幸せ。

もうずっと長く、そんな言葉があることすら忘れていたような気がする。そんなものがこの世にあり、さらに自分に許されようとは、長く考えもしなかった——。

(これからは、この男に愛されて、幸せに……)

見つめ合う季郎と西苑を横目に、下女は重い水桶を下げてそそくさと立ち去った。

きぃ、きぃ、きぃ……。

西苑が再び、もはや幻聴ではありえない車井戸の音を聞いたのは、兎や鹿の肉を（西苑にしては）たらふく食べ、また太平楽に安眠を貪っている季郎の腕の中に囲われていた時だった。

——水を盗みに来ている者でもいるのか……？

だが地下水の豊かなこの村で、わざわざ他家の庭に水盗人に入らねばならないほど窮している者がいるとも思えぬ。考えられるとすれば、家人に怨みを含んだ者が井戸に毒でも入れに来ているか——あるいは適当な噂を信じ、隠し財産がそこにあるとでも思っている者が井戸底を浚っているのか——。

「……おい、おい季郎」

狩りの疲れもあるのだろう。前夜にもまして熟眠している季郎は、西苑が軽く揺すっても目を覚ます気配すらない。

（……仕方がないな）

男の平和な寝顔に、つい口の端に笑みが浮かぶのを自覚しないまま、西苑はその重い腕を除けて身を起こした。

一歩ごとにぎしり…と軋む床板を、なるべく鳴らさないよう、窓辺に寄る。

そっ……と覗いたそこには、誰もおらず、車井戸があり——。

西苑は息を呑んだ。まだ新月からいくらも経たないというのに、井戸がぼうっと光って見えたのだ。

そして釣瓶の滑車が、きぃ、きぃと鳴りながら回転している。

いっぱいの水を湛えた釣瓶が、ゆっくりと井戸の底からせり上がってくる――下男も下女もいないのに。

「な、なに……？」

何かそういうからくり仕掛けなのだろうか、とありえないことを考えた瞬間、西苑の目に、この世ならぬものが映った。

石を積んだ井筒に、びしゃりと濡れた人の手と腕、そして練り絹の袖が現われたのだ。

「――ゆ………」

西苑は叫ぶこともできなかった。幽鬼だ――！　と心の中で悲鳴を上げながら、口からは呻き声すらも出なかった。

濡れてばらけた髪の張りついた頭が、井筒からひょいと覗く――。

その――。

月が昇るようにじりじりと上がってくる幽鬼の顔を見た西苑は、心の臓が破れたかと思うほどの衝撃に硬直した。

「鉄嶺………ど……の……」

仄白く光る幽鬼は、紛れもなく西苑がその手で毒殺した、かつての恋人の顔をしていた――。

「大人しく俺に抱かれていないからだ」

西苑の額に絞った手巾を載せながら、季郎が説教のように繰り言を口にする。

「夜はまだ冷えるから、温めてやっていたのに、いつのまにか腕から抜け出て、窓辺で衾も被らず転がっているなど——。熱を出して当然だ」

「…………」

西苑はぼんやりと男の声を聞いている。「育ちがいいくせに、寝相が悪すぎるぞ」と叱るような口調で言われ、それは冤罪だと反論しようとして、口を閉ざす。幽鬼を見て気絶したのだなどと言っても、どうせ信じてはもらえぬだろう。ましてその幽鬼は——幽鬼の正体は——……。

(この男には言えぬ——)

西苑は思った。季郎に西苑の過去を気に病むような気配はないが、それでも、今の男に昔の男のことを話すのは、どうにも気が進まない。

(まして鉄嶺殿の幽鬼となれば、その怨みはこの身ひとつに引き受けるべきもの。この男を、巻き込むことはできぬ——)

鉄嶺を殺したのは、西苑なのだ。そして死後とはいえ、別の男に心を移し、彼への愛を裏切ったのも西苑なのだ。季郎はただ西苑の前に現われただけで、鉄嶺に対しては何もしていない。鉄嶺と西苑の間の確執(かくしつ)は、ふたりの間で決着をつけるのが筋だろう。相手が生きてあろうと幽鬼であろうと、それは変わらぬはずだ——と西苑は考えた。もし鉄嶺の怨みが季郎に向かい、あの男が災難を蒙(こうむ)るようなことになれば、それはやはり、迷惑なとばっちりというものである。

(話すことは、できぬ——……)

西苑は熱に倦(う)みながら、目を閉じて眠りに落ちた。

その夜もまた、車井戸が鳴る音で、西苑は目を覚ました。

熱でだるくはあったが、不思議に怖ろしくはなかった。冷静に季郎の腕を押し除け、そろりと衾から這(は)い出して、きぃ……と扉を押し開く。

井戸はその底から、ぼうっと青白い燐光(りんこう)を放っていた。やはり下男も下女もいないのに滑車が回り、釣瓶が徐々にせり上がってくる——。

「……鉄嶺殿……」

ふらりと井戸に近寄りながら、幽鬼の名を呼ぶ。熱で頭の中まで倦んでいるかのようだ。

「鉄嶺殿——」

井筒に青白い濡れた手がかかる。そして、濡れ髪を垂らした顔が――。

「そこまでだ」

不意に西苑は、背後から腕の中に抱き込まれ、半歩引き戻された。汗に濡れた背中が、どんと男の胸板に当たる。

そしてぬっと前に伸びるもう片方の手には、螺鈿の鞘から抜き放たれた白刃――。

それがわずかな星明かりを映じてぎらりと光り、その光に、わずかに怯んだように幽鬼が井筒の内へ顔を隠すのを、西苑は見た。

「ほう、あんたが鉄嶺殿か――初めてお目にかかるが、美男だな」

今は腕一本と濡れ髪しか見えない幽鬼に向かって、季郎が言う。

幽鬼は井筒の内側に憑りついたまま、微動だにしない。

季郎はさらに白刃を高く翳した。

「不埒者め。今はこの世ならぬ身とはいえ、他人の想い人に手を出そうとするのは世の掟に反するぞ」

――ゆ、幽鬼を相手に何を呑気なことを言っているのだ、こやつは……！

脂汗に額を濡らしている西苑は、季郎の胸にもたれながら――もたれさせられながら、ちらと上目使いにその顔を見た。季郎は余裕綽々の嘲笑を顔に刻んでいる。

「まして幽鬼と成り果てた身を恋人の目に映じて驚かそうなどと、男子とも思えぬ卑劣――。恥を知るならば、早々に消え去れ！」

白刃が、ぎらりと光る。その光が西苑の瞳に入り、一瞬、目が眩(くら)んだ。

「――西苑」

力強い、幽鬼のものではありえない声に名を呼ばれる。

「もう大丈夫だ」

西苑はそろりと目を開けた。

幽鬼の姿は、影も形もない。

ただ車井戸の釣瓶だけが、ぎぃ、ぎぃと音を立てながら揺れていた――。

「……鉄嶺殿は」

口を開いた西苑に、季郎は「あん？」と齧(かじ)っていた干し棗(なつめ)を口に含んだまま反応した。

「鉄嶺殿は、やはりわたしを怨んでおられるのだな……」

かぽかぽ、と蹄(ひづめ)の音。

数日後、西苑の熱が完全に下がるや否(いな)や、ふたりは黒曜の背に鞍(くら)を置いて村を旅立った。春は去り、路傍(ろぼう)にははや初夏の花が咲いている。

「あのような姿を、わたしの前に現わすとは――。やはりわたしは生涯、あの方の霊を背負って生きなくてはなら……」

「何だあんた、幽鬼なんてものが本当にあると思ってるのか？」

意外そうな声に、思わず西苑は「は？」と声を上げてしまう。

「そんなもの、この世にあるわけがないだろ。全部錯覚だ、錯覚」

ピロロロロ……とひばりの声。

「さ、錯覚って――あの時は貴様も鉄嶺殿の姿を見たのだろう……？」

「見ていない」

あっさりと季郎は言った。

「あの時は、あんたが昔の男の名を呼びながらふらふら井戸に向かって歩くから、ああ夢を見てるんだなと思っただけだ。そんな状態のあんたには、理路整然と言って聞かせるより、悪鬼祓(ばら)いの真似事のほうが効くだろうと思って、とっさにそれっぽいことをしてみたんだが、効果覿面(てきめん)だったたな」

「ええ？　だ、だが……！　貴様あの時、確かに鉄嶺殿に向かって『美男だな』と――」

「ああ、それは」

季郎は己れの耳朶(じだ)を引っ張った。

「俺に似ている男が醜男のわけがないと思ってな、賭けたのさ」

ぬけぬけと言い、革袋から棗を取り出し、また口に放り込む。ついでのように、西苑の口にも「ほら」と一粒押し込んで。

「あんたは熱を出して幻を見ただけだ。いや、逆かな。あんたの心の中に残っている昔の男へのわだかまりや罪悪感が、不気味な井戸の中の幽鬼になって現れ、あんたを熱で苛んだんだ」

だからもう、気に病むな、と季郎は言う。西苑は「でも」と反しようとする唇を、その唇に塞がれた。

「……ふ……」

西苑の苦手な、温度の高い口づけだ。理性も罪悪感も何もかも、頭の芯まで蕩かされてしまう……。

くったりとなった西苑の体を、季郎は片腕でしっかりと抱き寄せる。

「……まぁ、あの井戸自体には本当に何かあるかもしれん。十中八九風か何かの悪戯だろうが、ひとりでに釣瓶が動くところは、俺も見たからな。これが講談なら『翌朝、家人が井戸の底を浚ってみると、果たして一個のされこうべが――』とかいうオチがつくんだが、あの家の者たちはこれからもあの井戸を使って日々暮らしていくんだ。無用に怪奇談を作る必要もないだろうよ」

カラカラと喉を鳴らして笑う男を、西苑はしばし、半ば呆れ、半ば憎らしいような気持ちで睨んでいたが、やがてふと気になることができ、口を開いた。

「では、貴様は……？」

「うん？」

「貴様の心に、わだかまりや罪悪感はないのか——？　貴様はわたしよりもひどいことをしたではないか。わたしを王位に即けるために、己が一族の命を——」

誅殺された檀家一族の中には、総帥の陰謀には何ら関わりない者もいたはずだ。一族中のはみ出し者だったとはいえ、そのことに対して何の思い煩いもないものだろうか——？

「ないな」

かぽかぽ、と蹄の音。初夏の丈高い草が揺れる——。

「嘘だ」

西苑は言った。

「貴様のようにやさしい男が、人の命を奪って、何も思わぬはずがない」

「思わぬさ」

季郎の声はほがらかだった。

「俺はやさしくなどない。俺こそが幽鬼だからな」

「——え？」

思わず目を瞠った西苑の目前で、季郎はにやりと笑った。

「人の想いが凝り、妄執に走ったものを鬼と言うなら、今の俺こそがまさにそうだ。あんたのために、自分自身はおろか、血縁の者たちの命を平気で贄に——そんなことができる者が、鬼以外の何だと？」

「………」

自分はすでに人間をやめているのだ、と告げる男の顔を、西苑は凝視する。

——この男は……。

この男は、このわたしをこの世の誰より愛しているのだ、と改めて思い知る。

想いが凝って、人の命を食らう鬼になるほどに——。

「なあ西苑、思うに、あんたがあの井戸で見たのはたぶん、昔の男の妄念じゃないぞ。今ここに、あんたと共にいる、恋に狂った男の執心さ——」

ざっ、と風が吹く。草むらが揺れる——。

西苑の額の横で、おくれ毛が靡いた。美貌の公子は何か言おうと紅い唇を開き——……何も言わぬまま、季郎の首に腕を回して、棗の甘い味のするその唇を吸った。

あとがき

BL（ボーイズラブ）をこよなく愛する素晴らしき世界の皆さま。ごきげんよう。高原（たかはら）いちかです。

さて今回は中華風ファンタジーでしたが、いかがでしたでしょうか。このジャンルは人気が高いだけに読者さまの目も肥えていて、書くのが楽しい反面、こうして作品として世に問うのが怖いところもあります。よろしければご感想などお寄せ下さい。

ところでこの作品のテーマは「毒」でした。まずは宮廷陰謀の小道具としての毒。作中登場した「鴆毒」は、日本でもよく創作物に登場する伝説的な（実在説もある）毒ですが、これはものの本によれば水溶性で無味無臭とあり、したがってその毒を含んだ羽を焼却すると甘苦い匂いがする、というのは高原の創作です。今回、期せずしてイラストの東野海（とうのうみ）先生が、そのシーンを美麗なイラストに仕上げて下さいました。ありがとうございます。

ちなみに「漆黒の羽」というのも、「毒の煙で羽毛を燻して作る」という説からの連想で、文献的裏付けはありません。創作物などでは、鴆はむしろ極彩色の熱帯鳥として描かれることのほうが多いようです。

そして次に「人の毒」です。今回の受けは淫蕩でマゾヒスティックで……と、かなり思い切った性格に設定してみました。作中、攻めが「毒があるからこそかわいい」などと言っていますが、さて、その通りに描けているかどうか――。

あとは「愛の毒」ですね。なぜか古来、神話から現代ミステリーまで、愛の物語には毒がつきものです。時代によってコブラ毒（クレオパトラ）だったり謎の仮死毒（ロミオとジュリエット）だったり謎の未開地の毒（シャーロック・ホームズ「悪魔の足」）だったりしますが、人を愛し愛された者は毒を使い、毒で死ぬ。現実にはそんなことはありえないのですが、なぜか人は毒死というものに色っぽさを感じてしまうようです。絵になる、というんでしょうか。

というわけで、文字通り毒々しいお話を華麗な絵で彩って下さった東野海先生に、ここに重ねて御礼申し上げます。毒が登場する話にはやはり思い切って美麗な絵がないと締まりません。この作品が一冊の本として仕上がったのは先生のお力の賜物です。

最後になりましたが、この本を手に取って下さったすべての方に、愛と感謝を込めて。

平成二十八年六月末日

高原いちか　拝

旗と翼

はたとつばさ

高原いちか

イラスト：**御園えりい**

本体価格855円+税

幼き頃より年下の皇太子・獅心に仕えてきた玲紀は、師として友として、獅心から絶大な信頼と愛情を受けていた。だが成長した獅心がある事情から廃嫡の憂き目に遭い、玲紀は己の一族を守るため、別の皇太子に仕えることになる。そして数年後、新たな皇太子の立太式の日、王宮はかつての主君・獅心率いる謀反軍に襲われてしまう。「俺からお前を奪った奴は許さない」と皇太子を殺す獅心を見て、己に向けられた執着の深さに恐れさえ抱く玲紀だが…。

リンクスロマンス大好評発売中

花と夜叉

はなとやしゃ

高原いちか

イラスト：**御園えりい**

本体855円+税

辺境の貧しい農村に生まれた李三は、苦労の末に出世し、王都守備隊に栄転となるが、そこで読み書きもできない田舎者と蔑まれる。悔しさに歯噛みする李三をかばったのは、十三歳の公子・智慧だった。気高く美しい皇子に一目ぼれした李三は、彼を生涯にわたって守る「夜叉神将」となるべく努力を続け、十年後晴れてその任につく。だがそんな矢先、先王殺しの疑いをかけられ幽閉されることになってしまった智慧に李三は…。

海の鳥籠

高原いちか
イラスト：**亜樹良のりかず**
本体価格870円+税

地中海に浮かぶニケ諸島を支配する、ウニオーネ一家。そこに引き取られたリエトは、ある事情で一家から疎まれていた。そんななか唯一リエトを大事にしてくれたのは、穏やかで優しい一家の跡取り・イザイア。自分のすべてを求めてくれた気持ちを嬉しく思い、一度だけイザイアと身体の関係を結んでしまったリエトだが、この関係が彼の立場を危うくすることに気づき、一方的にイザイアを突き放し姿を消す。しかし数年後、別人のように残忍な微笑を浮かべたイザイアがリエトの前に現れ、リエトは執着と狂気に形を変えたイザイアの愛情に翻弄されていくが…。

リンクスロマンス大好評発売中

蒼穹の虜
そうきゅうのとりこ

高原いちか
イラスト：**幸村佳苗**
本体870円+税

たおやかな美貌を持つ天蘭国宰相家の沙蘭は、国が戦に敗れ男でありながら、大国・月弓国の王である火竜の後宮に入ることになる。「欲しいものは力で奪う」と宣言する火竜に夜ごと淫らに抱かれる沙蘭は、向けられる激情に戸惑いを隠せずにいた。そんなある日、火竜が月弓国の王にまでのぼりつめたのは、己を手に入れるためだったと知った沙蘭。沙蘭は、国をも滅ぼそうとする狂気にも似た愛情に恐れを覚えつつも、翻弄されていき…。

LYNX ROMANCE

小説原稿募集

リンクスロマンスではオリジナル作品の原稿を随時募集いたします。

募集作品

リンクスロマンスの読者を対象にした商業誌未発表のオリジナル作品。
（商業誌未発表のオリジナル作品であれば、同人誌・サイト発表作も受付可）

募集要項

＜応募資格＞
年齢・性別・プロ・アマ問いません。

＜原稿枚数＞
４５文字×１７行（１枚）の縦書き原稿、２００枚以上２４０枚以内。
※印刷形式は自由。ただしＡ４用紙を使用のこと。
※手書き、感熱紙不可。
※原稿には必ずノンブル（通し番号）を入れてください。

＜応募上の注意＞
◆原稿の１枚目には、作品のタイトル、ペンネーム、住所、氏名、年齢、電話番号、メールアドレス、投稿（掲載）歴を添付してください。
◆２枚目には、作品のあらすじ（４００字～８００字程度）を添付してください。
◆未完の作品（続きものなど）、他誌との二重投稿作品は受付不可です。
◆原稿は返却いたしませんので、必要な方はコピー等の控えをお取りください。
◆１作品につき、ひとつの封筒でご応募ください。

＜採用のお知らせ＞
◆採用の場合のみ、原稿到着後６カ月以内に編集部よりご連絡いたします。
◆優れた作品は、リンクスロマンスより発行させていただきます。
原稿料は、当社既定の印税でのお支払いになります。
◆選考に関するお電話やメールでのお問い合わせはご遠慮ください。

宛　先

〒151-0051
東京都渋谷区千駄ヶ谷４−９−７
株式会社　幻冬舎コミックス
「リンクスロマンス　小説原稿募集」係

この本を読んでの
ご意見・ご感想を
お寄せ下さい。

〒151-0051
東京都渋谷区千駄ヶ谷4-9-7
(株)幻冬舎コミックス　リンクス編集部
「高原いちか先生」係／「東野 海先生」係

リンクス ロマンス

妖鳥の甘き毒

2016年6月30日　第1刷発行

著者……………高原いちか
発行人…………石原正康
発行元…………株式会社　幻冬舎コミックス
〒151-0051　東京都渋谷区千駄ヶ谷4-9-7
TEL 03-5411-6431（編集）
発売元…………株式会社　幻冬舎
〒151-0051　東京都渋谷区千駄ヶ谷4-9-7
TEL 03-5411-6222（営業）
振替00120-8-767643
印刷・製本所…株式会社　光邦
検印廃止

ISBN978-4-344-83745-4 C0293
Printed in Japan

幻冬舎コミックスホームページ　http://www.gentosha-comics.net